爱吃鬼的
居游秘境

李昂 著　上海文艺出版社

图书在版编目(CIP)数据

爱吃鬼的居游秘境 / 李昂著. —上海：上海文艺出版社，2013
　ISBN 978-7-5321-5149-3

Ⅰ.①爱… Ⅱ.①李… Ⅲ.①游记—作品集—中国—当代 Ⅳ.①I267.4

中国版本图书馆CIP数据核字(2013)第294821号

本著作物简体版由有鹿文化事业有限公司授权中国大陆地区（不包括台湾、香港及其他海外地区）出版

责任编辑：秦　静
特约策划：陶媛媛
封面设计：李　佳

爱吃鬼的居游秘境
李昂　著
上海文艺出版社出版、发行
地址：上海绍兴路74号
电子信箱：cslcm@publicl.sta.net.cn
网址：www.slcm.com
新华书店经销　山东临沂新华印刷物流集团
开本890×1240毫米　1/32　印张6.75　字数120,000
2014年5月第1版　2014年5月第1次印刷
ISBN 978-7-5321-5149-3/I·4061　定价：35.00元

004　自序　我写台湾慢游漫游

011　辑一
　　　台湾居游秘境

012　我这样旅行

024　居游到台东

068　在大洋之西寻找乡愁

080　当金针花还没开的时候

090　二次移民的桃花源

102　就来唱歌吧！

112　枕山"水"美梦相随

131　**辑二 台湾美食秘境**

132　名厨的私人厨房

136　平价吃顶级大闸蟹

142　日本料理到台湾

150　御神的十二道怀石料理

154　孔府菜——带子上朝

158　行家吃的上海菜

164　食在山水有相逢

172　深具底蕴的创新美食

176　乡土与世界饮食

182　恋爱的甜蜜：蜜红

186　美食在古坑

192　看着牛只吃美食

自序
我写台湾慢游漫游

1

出版这本《爱吃鬼的秘径》,最重大的理由之一是,《爱吃鬼的华丽冒险》出版了之后,我不断地被问:"你都只写海外,不写台湾吗?"

我的小说绝大多数写台湾,我一直在写小说,写台湾,维持两三年出版一本长篇,只可惜最近大家都不读小说了。以至常被问:你最近写些什么?

我的标准答案是,像我这么爱台湾的人,怎么可能不写台湾呢?只是我写台湾的方式,与一般的游记可能略有不同。

台湾是我生养、久住的地方,提供了我创作的根源与基础。虽然这些年来,我每一年有差不多一半的时间在全世界各处趴趴走,但每次回到台湾,真的是有回家的感觉。而且这家,是我休生养息的所在,好能够有足够的精力再出发。

写自己家乡的方式,与写海外有所不同。写海外当然浮光掠影,要说深入、深度,一定是骗人的,除非在当地蹲点几年、几十年。但不可否认,也容易因不同文化而有初次见面那种"第一眼爱上"的感动,会出现不同的个人观点,有机会让海外的当地人惊艳地说:

啊!我怎么没这样想。

但究竟,异乡异地而且只做短暂的停留,要深度深入,绝对是个不可能的任务。比如我在一段时间里,去了京都十九次,但只能算是去了一些该去看看的地方,无所谓熟悉,更不用讲深度。

而日本文学还是我所热爱的,读过相关的文学名著、各式报导,看电影、电视,台湾地区被日本殖民过五十年,我自己也有三本小说在日本翻译出版,有过不少交流的机会。

另一方面,我的海外旅游常常十分具有计划性,比如为了美食,不可能不先把餐厅都订好,也不可能不按着一定的路程,否则就只有无功而返。

我也是那种愿意参团的人,不是一般的旅游团,而是随着台湾发展观光旅游三四十年,根据特殊行程特别企划的团,比如要看博物馆、听音乐会等等,目标明确。参团少去了订票找路找交通工具,的确是很方便。

但也因此少去了很多自由自在、随遇而安的漫游乐趣。

2

上述旅行的重大缺点，在自己的土地、写熟悉的家乡事务时，方式自然不会一样。

比如我在《爱吃鬼的华丽冒险》中提及，因着大量海外的旅行，才让我知道，我多么缺乏安全感。我会提早一个小时到陌生的火车站去等火车，提早三个小时到陌生的机场。因为我知道，人生地不熟，发生任何状况求救无门，只能自己事先做好充分准备，才不至于造成接下来的一连串困扰。

可是在自己的家乡旅行，一切都可以在掌控中，就算错过航班、火车、接驳车……这么方便的台湾，除了进入玉山、栖兰山、中央山脉这些深山里，否则，在台湾旅行，我们已经习以为常，以至于不太向人提醒炫耀：

台湾多方便。

是的，我们小，而且人很多，群众在不大的平原上。有的方便性其实是很多海外旅行所不能及的。这样的方便，加上又是如此熟悉的故乡，我因而能去除掉心中的不安全感和焦虑，而能够做到我说的"漫游"。

漫游，可以漫无目的，也可以慢慢、自在地，过了这一村，不怕找不到下个店，错过这班车，火车站对面会有旅馆。

能做到一定的深度是会有的，我好歹总是个不错的作家，观察是有的；尤其又是我长年居住的地方，对人文、文化方面的掌握,容易深入。当然也就不会像在海外,只是浮光掠影。

借着实地实境地去采访,我看到了不只是台湾观光旅游的部分,而以社区为本的书写,又提供了另一种不同的旅行的可能。

因其独特性与深入,这些旅途中累积出来的影像、印象,十分珍贵。而具资料性的部分与真实的事件、人物、景观,便成为这本书的主轴。

餐饮的部分,记录的是我生活中常去的餐厅,我们大家有可能在这些地方不期而遇呢!

之前不想出版,因为怕读者要的只是一本旅游指南。晚近几年,非常个人化的旅行书写方式,在台湾、其他地区也都能引起共鸣,才想到集结这本书。最重要的,也为着打破这样的形象:

"你都只有写海外,不写台湾吗?"

没错,在这方面,我的确十分在意别人对我有这样的看法。我不是一直在说,像我这么爱台湾的人,怎么可能不写台湾呢?而现在出版这本更容易阅读的《爱吃鬼的秘径》,在台湾漫游,当然是希望能被知道:

我不只有写境外,我写台湾。

辑一

台湾居游秘境

我这样旅行

台湾自开放观光之后,累积了四十几年的旅行经验,再加上近年来兴起的台湾在地游,不少人都发展出一套属于自己和家人、友人之间最适宜的旅行方式。

各式窍门,无所谓好、或者不好,但参考一下别人的旅行方式,也不失是一种借镜,以此精益求精,期盼将"自己的旅行"发展到舒适、圆满的境地。

微观新世界

我属于的世代是那种不把台湾放在眼里的世代,我的教育教导我:台湾一无可取。所以,我年轻时候的梦想放在外面广大的世界。

我果真旅行过世界上许多地方,可是很抱歉,我到过的台湾地方少之又少,"不值一看"、"没什么值得一提"。

我会说,台湾没有喜马拉雅山的壮观、缺乏大峡谷的纵深,没有洛矶山脉的冰河、撒哈拉一望无际的沙漠……

林煜韩 摄

我眼中只有"大"、只有"世界最好",最高、最大、最、最、最……的所在。

我拿台湾三万六千平方公里的小岛,来比照全世界最大、最好、最高、最深的一切地理景观,再来说:

"台湾有什么好看的。"

我身边更不乏骄傲的旅人,他(她)们以到过全世界超过一百个国家和地区为傲,然后说:

"不好意思,我都在海外旅行,台湾的地方去的太少了。"

或者,有人以为教科书里所说,只有中国大陆"锦绣河山、地大物博"。

有一回到大陆玩,到了一处生态保护区,山林里当然是青山绿水,而且是高山,一溪清水,真是看不到污染。

我当然也为大陆开始有好环保高兴,保卫我们的地球,而不只是保护我们家园的生态环境。

可是同游的朋友,却说了这样一句话:

"你看,人家大陆河川多么干净,哪像我们台湾,河川都污染脏臭不堪。"

这位六十几岁的朋友,是个艺术家,恐怕有多年不曾接近台湾的大自然,留有的大概是三十年前台湾正经济起飞时四处可见污染的印象,才会认为"台湾的河川全污染脏臭不堪"。

而大陆的河川真那么干净?看看最近世界性的统计,长江黄河等河川,哪一条不污染?

而我当时涌上心头的是:回台后要带他到处看看,现在的台湾是怎样的。

所以对上述这样的人,我每每想这样说:

"到的地方太少了就该赶快去啊!"

而该骂的,其实包括我自己。虽然后来,我一有机会,便喜欢"爱哭又爱跟路",在台湾四处跑跑。

可是,老实说,我去了一些地方,看到了台湾,可是,也老实说,不曾"看进"眼里。

直到我在台湾各地行走,慢慢地,逐渐学习到,真正谦卑地,开始能用一种过去从来不曾有过的方式看我的周遭。

是的,有一回,我站在一群飞翔的彩蝶中。以及,接下来,在园地里,经由细心的导游,有人带我看了蝴蝶一生中的几个成长步骤。

如果我告诉你,就在一个花盆(而且不是大花盆)的一株瘦瘦小小的、不到一公尺高的小树上,我看到了一只毛毛虫,小小的,只有一公分大小,而有人告诉我,这是蝴蝶的幼虫。

然后,在另一株同样不起眼的更小的小植物仅有的几片叶子上,居然垂吊着一只大大的茧,解说员在一旁告诉我,褐色的茧会慢慢变成深绿色,接着"羽化",成为蝴蝶。

我承认,当我一开始在台湾各地行走,我以为"没什么大不

林煜帏 摄

了"。但只是在自然环境中被蝴蝶环绕的"蝴蝶仙子"感觉，便让我惊叫出声。再来，虽然只是在不起眼的盆栽上，却能如此近距离地看到从毛毛虫到羽化成蝴蝶。

老实说，只有在这种片刻，我真正体会到，什么是我从书本上读过无数回的：

一花一世界。

或者我说的：

一蝴蝶一世界。

而能如此体悟，心态上十分关键。步入中年后，逐渐地知道自己不是那么行、那么重要，一个微小的作家真的能力有限，不是呼风唤雨的小说中的主宰者，要小说中的人物生就生、死就死。

开始从自身的渺小看到"谦虚"、"谦卑"，我相信，是这样的心态，终使我能在小小盆栽上，看到了"微观"能带来的生命的体悟。

亲爱的读者朋友，你愿不愿意和我一样，放下一定要看"世界奇观"、"大山大水"的心态，学习看到"微观"，体会到身

林煜帏 摄

边周遭值得珍惜的事物的美与意义?

我个人觉得,直到这时刻,我才真正"看"到台湾,更深爱台湾这块土地。

找当地的朋友玩

体会另一种"微观"的台湾旅游乐,除了风光山色的"一花一世界"外,"人"当然也是另个乐趣的所在。

尤其是一向让我们骄傲的台湾"人"。

我们的经济力也许逐渐地衰退,不再有傲人的经济"奇迹"。

但长年以来的经济成长造成台湾普遍性的富裕,也的确培养出了绝大部分优秀的"台湾人"。

这些被普遍认为"有人情味"、"乐于助人"、"勤奋素质高"的台湾人,是我们不得不对台湾保持乐观的理由之一。

不要忘了这样的台湾人的存在。

我旅行时有个著名的口号:

"四处找朋友玩。"

的确,找当地的朋友,可以玩得更尽兴、更具深度。但不见得每个人到哪里都有朋友可找,都有朋友接待。因此,我尽量想办法寻找各种介绍,大都是那些因为其工作性质、一般民众也可

林煜韩 摄

以接触到的人。

如同我所说,要找朋友玩,不见得每个人都得认识当地的朋友。我的建议是:找已经存在的机构,比如各地的文史工作室、产销班等,这一类的机构通常会有常驻的人员,也会与一般旅客互动。与这些人交朋友,能与地方有更深度的结合,不再只是走马看花似的观光。

便要再说到海外的民宿经验,除了像家庭一样舒适自在的居住空间,富有当地色彩而不是全球一致的饭店陈设、氛围外,民宿的另一个重要的迷人之处,是民宿的主人。

有什么样的民宿主人就有什么样的民宿,是一条可以检验民宿的重大标准。在台湾旅行,不妨也如此炮制吧!

关掉网络、电视

快乐必须自己寻找。而台湾这个岛屿,事实上仍有许多美丽的地方,有许多温馨的人、事、物。

问题在,不能从办公室回家后,就"种"在电视机前、在沙发里,看对立攻击的谈话政论性节目,或者多半是报导坏消息的电视新闻。要不然,电影频道里也免不了杀人、爆破、冲突……

真是个不快乐的世界!

不让自己的生活陷入这样无用的焦虑与挫折中,当然有许多方式。首先，关掉电视，只接受基本必需的新闻，知道这个地球上与台湾正在发生什么事，就够了。

把剩余的时间用在家庭、亲子的相处沟通上，用在喜爱的嗜好，用在健身，甚至用在美食上——但得小心不要吃得太胖。更可以用在有益社区、地方的诸多事项上。

开放自己的心灵，三不五时地感动一下。嗯！有多久不曾热泪盈眶、心头小鹿乱撞、心荡神驰、衷心期盼、心向往之……。

而感动，真的可以从很小的事情开始。

"居游"乐

相信不少人都不喜欢台湾一般的观光行程，每天赶路、换旅馆、长途拉车。可是要像欧美一样，在一个定点，比如说是在山上、在海边住一两个星期，也可能并非中国人所爱。

最近，大家不约而同地推出一种叫"居游"的观念，简单来说，就是结合上述两种方式的折中办法：以一个地方为中心点，住下来，再放射性地前往四面八方去游玩。

我的想法更是：在一个不熟悉的海外城市里，人生地不熟、除非特别有经验的旅行者，或对当地相当熟悉，而且语言要能够沟通，才有本事"居游"。因此要尝试这个不同的游玩方式，不妨就从熟悉的、自己的地方做起。

我先选择了台东作为"居游"的目的地。

选择台东还有着一个重要的理由:台东有山有水有海边,一向为人称道,一定会有足够玩耍好几天的地方。

结果如何?嗯!看了本书便知道!

居游到台东

这几次台东行共住了近两个星期,真正做到"居游"乐无穷。

首先一开始,还是先用到我的旅行法宝之一:找当地的朋友。

熊熊(代称)和一般的公务员不太一样,可以将如此多的时间用在工作上,因为他的孩子都已经大了。这些中老年的公务人员,有经验,体力也还有,可以是社会的中坚分子,如果能够好好地利用他们,会是社会的福气。

但首先要讲熊熊的几件有趣的事情。刚认识他不久,他就拿出一小罐炒花生米,我一看色泽,就知道是行家炒的,因为火候恰到好处,一点都没有烧焦(炒花生的重点在未全熟即要起锅,否则会太熟)。拿起来闻一闻看,好香。而且每颗的颗粒都很大,可见精心挑选过。

果真,一放到嘴里,酥、脆,连我这个号称美食家的爱吃鬼都赞不绝口。更让我十分惊艳的,不只是炒花生米,还有熊熊做的柚皮糖,这柚皮糖是我小朋友时候的最爱,可惜的是,最近已经买不到,因为没有人要吃这种老古董的零食。

　　柚皮糖的好处是,有柑橘类的果皮香味,但经过糖久煮过后,苦涩的感觉不见,只留下淡淡的柚香。熊熊做的柚皮糖堪称一绝,后来请问他,才知道做柚皮糖需要花三天的时间,而且,为了要增加风味,还得加上茶叶、梅子,才有不同口感的酸度。至于用的糖,当然选择最好的冰糖。

　　我得到他的真传,回台北后,如法炮制,果真做出不输给熊熊的柚皮糖。学会这个独门功夫,可说是这次台东行的最佳礼物之一。

　　熊熊告诉我要做好事情,最重要的就是要有耐心、爱心,不能草草了事,也不能赶,多花一分钟工夫,就多一份成果。就如同熊熊在工作上投入一样,才会有这么好的成绩。

　　看!我不是立刻在台东交到朋友,而且学到东西吗?

　　我也得以留意到"观光"所较难看到的,比如去看因"八八水灾"改道的河川、受灾的地区以及之后沿途的水土保持工作,让我对台湾的山川河流的整治,多一份了解。

　　爱,就是从关怀而来,不是吗?

　　有些地方的"领导",年轻,人又热心,有乡下地方的亲切,不做作,带着我们参观解说,细心而体贴。

　　读者朋友不妨也跟着我所走过的,也许能看到些不一样的。

池上米

到台东,一定要吃池上米。池上乡位于花东纵谷,是南北狭长之长方形纵谷平原。西面为中央山脉,东面为海岸山脉,地处花东纵谷交界,池上乡海拔三百公尺左右,土壤分别由两座山脉之风化土淤积而成,主要由片岩冲积土、东岸母岩冲积土及黄壤三类构成。

池上地势平坦广阔,土地面积八千两百余公顷,灌溉水源主要是来自于万朝圳水及新武吕溪圳水,水量丰富且无工业废水、重金属及空气污染,含有黏质土壤的水田,配合新武吕溪的溪水灌溉,此溪上游有温泉多处,溪水夹带着由山上表土冲刷下来的丰富有机质及矿物质,才能栽培出如此好吃的"池上米"。

"池上米"品质优良,上世纪七十年代参加台中农改场比赛即获首奖,一九八五年农委会、农林厅及粮食局辅导池上农会办理"良质米产销计划",农民积极参与,以永续农法培养及维护土壤肥力为主要目标,尽量少用农药与化学肥料等合成剂,并配合豆科作物在内作物轮作制度,循环利用农畜场废弃有机物,兼顾农业生产与生态环境保育。

孕育这一大片土地的,便是"大坡池"。"大坡池"坐落于海岸山脉与中央山脉之间,新武吕溪流贯形成冲积扇,扇端池泊即是"大坡池"。以往的大坡池盛产鱼虾,沿岸的民众养赖捕捞大坡池鱼类维生。水中生长菱角、莲花、茭白笋、芦苇、水柳等

林煜帏 摄

植物,并吸引数十种野鸟栖息。

可惜如今"大坡池"的范围很小,当然是长年以来民与之争地的关系。老实说,我有一点失望,本来以为,会看到传说中不见边际的水塘。倒是沿着现今规划的环池木栈步道步行,不失为健走的好地方。

所幸现在大多数人不再与自然抗争的观念,最近官方的一项重大工作,就是要将中间填起来的一个人工岛屿想办法挖走,增加水的面积。

这里盛产一种白色的莲花,是台湾原生种,据说十分美丽。在挖走人工岛屿的过程中,找到几颗残留下来的莲花种子,状况相当良好,发芽成长的机会不是没有。以后再来,相信就看得到这美丽的白色莲花了。

最近流行的观念,都同意在建设农村的过程中,不是去盖更多的水泥东西,而是回复到旧日的景观。我一直印象深刻的是,在欧洲旅行的时候,有一种普遍流传的说法:欧洲人花了极大的努力,就是为了要维持他们的家园过去的传统景象。

这一点相信也是以后值得台湾借镜的方法。

池上便当

来池上,当然一定要吃便当。相信很多人都保有这样的记忆。月台上，小贩卖便当，通常是男生才有这么大的力气，挂一个木头箱在胸前，上面摆满便当。火车一停靠下来，小贩跑到火车的门口、窗口（那个时代的火车车窗还能打开），在很短的时间内，一手交钱一手交货地完成交易。

小贩叫"便当、便当"的声音，在午夜梦回的时候，都还出现。

曾几何时，月台上叫唤便当的，只剩下台北到宜兰之间，偶还可以看到，最近，因为生意不好，也没有了。

这一次好不容易在台东的火车站，还看到有卖便当的，形式和过去大不相同，现在是女士穿着"全美行"的绿色背心，手上挽着一个蓝色的手提篮子，在月台上等候。同样地，火车一靠近，想买便当的人，早站在车门口等候，交易在短短的一分钟内很快完成，卖便当的女士便奔向另外一个门口。

我站在月台上观看，发现因为是手提的篮子，行动比较方便。卖便当的人真的是眼明手脚快，一看到有人探头出车门外，便以跑百米的速度飞奔向前，否则，一长列火车有十几个车厢，等走到有人要买便当的车厢，恐怕火车早就开了。

会发现"全美行"还在台东的月台上卖便当，其实来自于我很爱跟人家聊天。参观"大坡池"的时候，有一家新开的饮料店就在旁边，可以坐在舒服的店里，看着外面美丽的"大坡池"风景，十分舒适快意。就这样，我跟店里的人聊了起来，居然就聊

"全美行"池上便当

悟饕池上饭包文化故事馆

"行政院"农业委员会水土保持局提供

出她是"全美行"老板娘,告诉我他们还在火车站里卖便当。

可见,旅行的时候,有适当的机会与人聊天,常常会问出一些意想不到的讯息,绝对有助于对当地的了解,而且,可以增加旅行中很多的乐趣。我们不是常常说路是问出来的?我更要说的是:旅行中与人聊天,是旅行中的一个重大的课题。

"悟饕台东池上老店"最特别的莫过于餐厅前面的一列火车。这列真实的火车,是从收藏家手中买来、如假包换的老火车,是除了便当之外的另一种怀念的滋味。火车里改装成为可以坐下来吃饭的餐厅,在这里吃便当,就想象自己再做一次另类的火车之旅吧!

"悟饕"楼上还有一个展览会馆,收集了很多关于火车便当相关的资讯,看看各种火车便当的演变,真是一页历史。日据时代最早期开始的三角形饭团,十分具有日本风味。这第一代饭团用竹叶包,饭做成三角型的模样,里面有卜肉、炸瘦肉片、炸虾、蛋包、萝卜干、梅子,可说是相当丰盛,要价为当时的一块半。

看一路走来的火车便当,到今天盛行的鸡腿、排骨便当,热的饭菜,有如一页台湾发展史呢!

稻米原乡馆

十一月初,东台湾正值水稻收割期,稻田里四处仍然可见成熟的金黄色稻穗,在强劲的落山风吹拂下摇曳生姿,十分美丽,也见识到了传闻中几十公顷的土地上没有一根电线杆。

我本来还不觉得那么特别,直到听到"台东池上乡万安社区发展协会"总干事魏文轩先生解释,才知道如果要拍一个过去的农村场面,还真不容易找到没有电线杆的地方。想想,清朝时代的故事,戏里面出现一根又一根的电线杆,会多么好笑。

魏文轩还告诉我,这样金黄色的美丽景致,会一直持续到过完农历年。那个时候,水稻虽然已经全部收割完成,但会种上做为肥料的油菜花,当油菜花开,一整片黄金色的油菜花,那种美丽,一点都不输金色稻穗。难怪这里是农历年节最好的旅游地区之一。总干事魏文轩自己经营的"庄稼熟了"民宿,早在十一月初,就有人来订房,晚订的,还常订不到呢。

我也住过这间民宿,不敢相信魏文轩自己能盖这么漂亮的欧式房子,斜屋顶上面有一层阁楼,一对夫妻连同孩子,甚至父母亲一起都能住,十分方便,而且价格分摊下来,也并不贵。

来池上,不要只吃一个池上便当就走人,能留下来,充分享受这里各式各样的田间乐趣,才不会辜负到此一游。比如魏文轩便伙同邻近的农家,开发出一条由"稻米原乡馆"出发,可绕经

"台东池上乡万安社区发展协会"总干事魏文轩经营的"庄稼熟了"民宿

"行政院"农业委员会水土保持局提供

稻米原乡馆

六年级民宿

"行政院"农业委员会水土保持局提供

他种植的有机米田、水塘等的田间小路，走路或骑单车，既可健身，又能欣赏沿途美丽的农村风光呢！

至于要交朋友，不妨来趟"稻米原乡馆"，这是个常设机构，可以找到咨询的人，还有十分特殊的餐饮呢！

木匠吴承佐便是一位年轻帅哥，回乡种植家里的山地，他种出的有机自然耕法的不瓜咖啡，颗粒大到不可想象，但当然不足以维生，于是便将老宅改成"六年级民宿"，也还在做木匠的活，他还计划用"八八水灾"后所留下的漂流木来做更多创新的东西呢！

谁说年轻人无法返乡经营？路真的是人走出来的，机会也是人创造出来的。

大碗公饭

"大碗公饭"这个独特的构想，其实就来自几个农村妇女，她们回想起以前割稻子的时候，一天要吃五餐，为了方便将食物带到田里，便将饭菜一起放在一个大碗公内。

现在的"大碗公饭"，放在一个竹子做的托盘架子上，传统的大碗里盛满上好池上米饭，上面再铺上一层鸡肉、蛋、蔬菜、菜脯炒肉，十分丰盛。一旁还有水果、一碗玉米汤，不是现在速食店卖的，而是里面会有一大截黄金色的甜玉米。

"大碗公饭"还曾得过奖,可以说是把传统的农村食物重新包装,变成时髦又有趣的新产品。这些年大家都在谈文化创意产业,我以为"大碗公饭"可以是很好的例子。所谓文化创意产业,可以将过去旧有的文化生活以新的方式呈现,就这一点,我以为"大碗公饭"成功做到了。

我最喜欢的,尤其是包在外面的那一款客家花布,大朵大朵盛开的花开在蓝紫色的布上,可以用来给饭保暖、又可增加美观。我比较希望的是,吃完了饭,多付一点钱,可以把这一块花布带回家。要不然,也可以卖用这块漂亮的花布所做成的其他产品:比如说围裙、餐桌上的垫子……

禾鸭生态池

"万安圳生态工法"园区内，设置有美丽的水池、景观高台、还有各种水生植物，吸引蝴蝶昆虫来此，成为一个生态园区。旁边的有机稻米田，结合禾鸭，回复传统耕种法，更形成一幅美丽的农村景观，同样地，也深具教学价值。不要说孩子，连大人来此都可以获益匪浅。

相信现在很少人还记得小时候放鸭子在水田里的情形，也很少人说得出来是为什么。直到"禾鸭米"流行、打出名号后，才知道原来放鸭子在水田里有许多的好处。首先，鸭子在水田里觅食，会吃掉许多害虫，尤其像现在的福寿螺，危害田间，很不容易去除，放鸭子在里面，可以吃掉它的卵。而且，鸭子在水稻田里游来游去，蹼在拍打水的过程中，会增加水的含氧量，十分有助于稻米的生长。

更不用说，放养的鸭子长大后，是另一种收入财源。

不过要小心的是，当稻子开始成长，会长出小小的刺，这个时候，就不宜把鸭子放下去，因为这些小刺会割伤羽毛未丰的鸭子。这时候将鸭子留置在稻田旁的水塘里，鸭子在中央岛上栖息，喂养了几个月后，长大了，田里的稻子也成熟了，就是上好的"放水鸭"（借用"放山鸡"一词）——这是我发明的名词，很酷吧！至于"放水鸭"好不好吃？我买过，当然比一般鸭子好吃许多。

禾鸭生态池

"行政院"农业委员会水土保持局提供

「4·5公里」咖啡

4·5公里咖啡

来池上参访,一定不要忘了来197县道的"4·5公里"喝一杯好咖啡。公路旁边的咖啡馆,本来就是一个休息、探听消息、问路、交新朋友的最好地方。

何况,来自都市的坏习惯,上瘾了似的,得喝一杯咖啡才能回神,"4·5公里"是回复精神的最好去处。

"4·5公里"咖啡馆的主人彭明通先生是一位原住民,中年,长得十分有个性,一如他的咖啡馆,用了不少原住民素材来做装饰。彭明通在都市里生活多年,相当具有艺术家特性,来这边喝杯咖啡,聊聊天,是来台东必备的行程。

在这里,即便主人不在家,也可以在店里找到煮咖啡的器具,自己做好一杯咖啡,再把钱留下来就是。有个牌子写着:

主人外出
喝咖啡自己煮
依价目表收费
喝茶到吧台拿碗
茶资随喜

4.5公里咖啡提供

很酷吧！

我问彭明通，他不关咖啡店的大门，不怕有人来偷东西吗？他回答：这里没有什么好偷的，而且，他愿意相信人性善良。

彭明通煮得一手好咖啡，我们有机会喝到据说是"麝香猫"咖啡，从没喝过少见的酸口感。他还很善于做蜡染，做装饰的蜡染画十分美丽，比如以原住民原有的图腾造型，创造出新的图案，新颖而且有创意。我尤其喜欢他用阿美族的蛇所做的图样，少去蛇原来的恐怖样子，多了一份创造性的美感。我问他有这样一手好的蜡染工夫是在哪里学的，他回答他原来从事服装设计业。

咖啡座旁边，还有一个彭明通自己做的火炉，寒冬的时候，从垭口来的风不小，天气寒冷，起个热呼呼的炉火，还真是暖到心底。

更值得一提的是：彭明通的母亲曾是一位厨师，能够用很简单的方式煮出一碗好吃的面，不仅十分便宜，而且色香味俱全。稍加留意，原来诀窍在于用的肉燥是干的，不是我们常常看到湿的肉燥。这干的肉燥炒得很香，具有特别的效果，容易携带保存，尤其值得推荐。彭明通说附近的人常常来买肉燥回家自己拌饭、拌面，可说是远近驰名。

来这里喝杯咖啡，就算不是为了提神，而只是坐在这里，咖啡馆可远望中央山脉尽端的垭口，面对美丽的风景，放空自己、

主人不在家，也可以自己煮咖啡

天寒时起个炉火，热呼呼地让人暖到心底

4.5公里咖啡提供

发发呆,也是一件来台东必做的功课吧!

我们一向有太多的闲杂等事纠缠在心里、生活里。学习放下,有的时候真的需要改变环境才做得到。而充满青山绿水的台东,是一个暂时做一下"精神环保"的最佳地方。我们的心灵堆满太多垃圾,三不五时真的需要清洁一下。

天助香柚观光果园

要说爱土地,其实还真的可以从小地方看得出来。种柚子的张天助先生,开放自己的柚子园让人领养,有空的时候来照顾施肥,毋须在虚拟的空间里种果树,这里,便是最好的开心农场。

张天助热心地方事务,经由他口中,我才知道"大坡池"里新找到的原生种白莲种子,他正在协助复育。爱花如我,真是对他又感谢又敬仰呢!我还吃到了一种口感很好的新品种:华盛顿脐柑。大家都爱说原生种如何如何,但这远从美国来的"华盛顿脐柑",在张天助的栽培下,如此好吃到不可思议,真是连我都吓一跳,甜、香、多汁,一点不输顶级台湾柳丁,是我此行在"美食"上的重大收获!

大和牧场

大和牧场

"大和牧场"拥有开阔的景观,这得感谢多方协助整治。这里有个青草地凉亭,不过不要以为羊群会在草地上闲逛,这并非台东养羊的方式,事实上,羊是被圈养在道路的另一端,可以供人喂养观看,但没有烤全羊,只有羊奶香甜浓郁。

老板何毅霖有一则出名的故事。多年前从都市下乡,以诚挚感动一位老地主,将这一大片土地以极低的价格卖给他,方开启了"大和牧场"的一片天。如今老板何毅霖酿羊奶酒,也经营"蝉园山庄"民宿。

来同他谈天说地一番,其乐无穷。

"行政院"农业委员会水土保持局提供

东鸠窑

在台东颇具知名度的"东鸠窑"。来此除了做陶艺,我看到了令我羡慕的乡间家庭生活。

什么样的亲子关系最为人称道?有什么方式能增进亲子关系?这恐怕是很多父母的重大课题。特别是住在都市里的父母亲,在有限的空间里,亲子之间为了能一起作息活动,都还要花多工夫做特别的安排。

乡下当然好些,但现在的小朋友,对下稻田、上山去做户外活动,不特别感兴趣。很多人过去有的童年记忆,比如说:灌蟋蟀、抓蝴蝶、烤番薯等都不是现代小孩的爱好。就算住在乡下地方,玩的依旧是电动玩具、机器人或是网络游戏。

十分奇特的,在这一次的台东"居游"里,我居然看到了一种十分特别的亲子关系,不仅让我心生羡慕,而且希望,父母亲能带着孩子,到这里走一走,就算不为别的,也让孩子感到父亲和孩子能一起的亲密关系。

先说"东鸠窑"陶艺工作室,包含柴窑区和捏陶DIY,同时充分运用好山好水的环境,设置流泉生态池、停车场、药用植物园区、野菜园区、香菇园区、自然生态步道。周边还有风味餐饮、民宿、农村生活体验区。

"东鸠窑"前身为"柴窑",用的是柴火来烧窑。一开始自

东鸠窑陶艺工作室中的柴窑区

然是为了提升当地的艺术创作,陈民富师承简铭炤先生,成功从农人转型陶艺师,之后"东鸠窑"逐渐发展成一个能来此学习、创作陶器的最佳场所。

我们拜访的时候,正碰到邻近的几个大学生相约来这里做陶器。他们玩耍得如此兴高采烈,还留下作品,等到烧好了之后,会寄给他们。虽然学生们都说,老师的帮助很大,并非靠他们的能力独自完成,但相信收到成品后,保留下来还真的是永远不会抹灭的印象。

我这才注意到,教他们的老师是一位年轻、有一点害羞,看起来朴实的年轻人。经过介绍,才知道他原来是"窑主"陈民富的儿子。

一开始的时候,我们的注意力都放在"窑主"身上。中年粗旷的典型模样,但又有普通人较少见的艺术气息,作品销往中国大陆、日本,十分专精于烧窑。

父子之间现在有这样的合作关系:儿子捏陶,父亲负责把它

"行政院"农业委员会水土保持局提供

烧出来，两方面互相支援，可以说合作无间，不会互相竞争，不会互相干扰，也不会意见相左。老实说，这是许久以来，我看到的父子之间最好的合作模式。

父子两人的作品都放在一间陈列室里，许多各式各样可爱造型的猪，十足乡间特色。因为是用柴烧，有落下来的灰、火色、土味、上釉、皲裂的痕迹，氧化还原窑变是表现的重点。有些造型很有创意，是好作品。

当然其中还有一个十分重要的角色，那就是负责把这两个大男人喂饱的妈妈。陈太太做得一手好菜，采用乡下刚采来的新鲜蔬菜，炒出一盘又一盘的好菜，青翠欲滴，看起来就十分可口。自己家里的放山鸡，炖汤、白斩，煮来鲜美无比。

还有一道最特别的菜，是来"东鸠窑"，尤其是在晚上，一定要尝试的：现烤的放山鸡。

"东鸠窑"旁的空地上，常会看到有个一公尺左右的不锈钢桶子，可以将一只肥滋滋的鸡，整只吊挂在里面，只要在下面通风孔的地方，就近取材地用山地废弃的木柴，生一把火，放大概足够燃烧四十五分钟的木柴，就可以先去吃陈太太做的其他好菜，等一下回来，一只放山鸡已经香喷喷地烤好了。

当然，鸡最好是先经过处理，加上酒、胡椒、盐腌过会更好。

最让我感觉到兴奋异常的是，夜里的山上，熊熊的火，还可用来烤鸡，热腾腾的鸡、香喷喷的气味，在一天的星月下，尝起来更是别有一番滋味。

烤放山鸡用的桶子，是附近"泰源技能训练所"（前身为泰源监狱）的收容人做的。我买了一只，带回台北放在阳台上使用，十分便利。

还有一样不可多得的好菜，是陈太太炒的米粉，那米粉Q感非常好，只有特别的手工米粉，才能够这样好吃。后来我心里头一动：只有台东出这么好的米，比如说，池上的好米，才能做出这样好吃的米粉。

为了维持在乡下的生活，依靠"东鸠窑"当然不足以自给自足，还得依赖种植其他的农作物，比如咖啡、水果，陈民富种咖啡还得过第二名。

比较奇特的是，他也种少许大家都不乐于见到的槟榔树。

槟榔树因为树根浅，不能涵养水量，破坏水土保持，众所周知是造成土石流的元凶。陈民富先生却有不同的解释：为了能够种植榉木等其他树木，帮助当地造林保持水土、增加地球的含氧量，折衷的办法就是种少许槟榔树。

陈民富已在一条山间的林道两旁种满榉木，榉木成树成荫，十分美丽，只要略加整修，希望以后能开发成为一条登山便道，供健身休憩之用。

槟榔能够赚钱，才能维持造大片林木的基本开销，否则，哪里还有能力种植树木造林？

我们虽然不以为这是个最好的办法，但是，生命中有许多必须要妥协的，也只能两害相权取其轻。

不过，很快地我们就发现经过公家单位的帮助，仍有其他改善办法。最近，"班鸠释迦产销班"总干事蔡永嘉先生申请到一笔经费，希望结合咖啡与"东鸠窑"，比如说，买一包当地种的咖啡豆，送"东鸠窑"烧制的咖啡器具。或者，喝一杯咖啡，再加点价钱，可以来这里做自己的咖啡杯；或者，喝一杯咖啡，可以将特制的咖啡杯带回家。

两个男人因为要合作将释迦、咖啡以及窑烧结合在一起，各处去寻找各式各样的成品，大男人的麻吉关系，让人看了觉得十分有趣。

班鸠释迦产销班

问一个简单的问题，台东最有名的水果是什么？相信很多人可以回答出正确的答案：释迦。

释迦现有大目释迦、凤梨释迦、"软枝子"释迦。但即便是传统的"软枝子"释迦，也并非台湾原生种。

释迦并非台湾原生种的水果，它的原产地在印度，四百多年前荷兰人引进台湾，一直在南台湾种植，可是颗粒不大。直到

斑鸠释迦产销班

一九七〇年代有人从台南搬迁到台东，带了几颗释迦去种植，发现长得更大更好，东台湾的天气、水土可能更适合栽种。

可惜的是，由于今年冬天的寒冬，释迦还没有长大就被低温度所伤而爆裂开来，影响收成。但由此也可见，释迦来自印度，温暖的天气才是它的最爱。

至于凤梨释迦则是美国人培育出来的。凤梨释迦颇受对岸中国大陆人民的喜爱，价格较原生种的"软枝子"更高。

现在有机器可以测试出释迦的重量，方便分级。看着一个小小的机器，会出声叫一级、二级到六级，实在十分有趣。一级的释迦重达二十二两重，我以为只有凤梨释迦才能达到这个重量，后来才知道，"斑鸠释迦产销班"里有农民种出最重的凤梨释迦重达六斤四两，可惜的是，虽然长这么大，但是并不好吃。

释迦做在冰淇淋适不适合呢？成熟的释迦又柔软又有特殊的

"行政院"农业委员会水土保持局提供

香味，如能保留下来，每个人都直觉地想到会是做冰淇淋最好的材料。"班鸠释迦产销班"原有一款释迦冰淇淋，结合当地的"初鹿牛奶"制成，最近正努力研发更好吃的等级，如果成功，也算是十足的台湾特色。

那些世界知名品牌的冰淇淋，都没有释迦冰淇淋，不是吗？

"班鸠释迦产销班"有一个美丽的庭园，可以在此午餐休息，吃释迦冰淇淋，而一旁就是释迦果园，到园里走一走，可以了解释迦的生长情况。以后园区里的释迦树长大，可以让大家看到不同的释迦品种、不同的果子，有很好的教学价值。

来此就会知道这个奇特的地名"班鸠"从何而来。原来此地的原住民种植一种小辣椒，浸泡在米酒里十分好吃，小辣椒名为"ban-chu"，由这个发音，便产生"班鸠"地名。注意，是"班"鸠而非"斑"鸠鸟。

"班鸠释迦产销班"包含七十五公顷的释迦园，厂长陈进宪经验丰富，总干事蔡永嘉先生，从军中退下来，身体体力仍在极佳的状况，不管是在释迦园里或者是在办公室里，都能胜任愉快。蔡永嘉有许多新的观念与点子，相信能将"班鸠释迦产销班"带到一个新境界。

来一趟"班鸠释迦产销班"，以后，在台东旅行，就不会只看到公路两旁许多卖释迦的摊贩而不知道为什么台东有这么好的释迦了。

"东成国小"的"跳鼓阵"

住在乡下不见得能进行更多的亲子活动,恐怕也是乡下的父母亲伤透脑筋的。

直到我看到"东成国小"的"跳鼓阵",才让我大为改观。

"跳鼓阵"由在外地学习过的老师来教小朋友,出动三十来个学生,穿红色与黄色的民俗服装,表演起来可动可静,"动"时全场飞舞好像蛟龙出洞,"静"时排一列成各种阵仗,好像操兵演习,真是好看极了!

"跳鼓阵"一队成员八人,一支旗、两支伞、一个鼓、四个锣,可由数支队伍组成一个"跳鼓阵",有多种"跳鼓阵"式,表演时通常以"开四门"开场,再接着其他"跳鼓阵"式配合变化。

带头的高年级男生掌控队形的变化,报出各阵式的名称,成员再依序分别表演:"福开四门迎嘉宾"、"春满乾坤福满门"、"川流不息财源进"、"七星高照步步升"、"万佛降福平安第"、"十全十美庆吉祥"、"事事如意跃龙门"!

"跳鼓阵"的起源有多种说法,通常被采用的有两种。一种说法是郑成功练兵击鼓助威,后人农闲之时,操引以为消遣。另一说是明朝戚继光战胜后,用来庆贺。"跳鼓阵"表演时锣鼓喧天、热闹非凡,后人多在节庆祝贺时表演,成为一项民俗技艺流传至今。

东成国小校园一景

"行政院"农业委员会水土保持局提供

一场表演下来，学生如同跑过百米，每个人都流汗，运动量十足，不失是具有民俗才艺又可健身的一项活动，真是太值得保存了。

校长刘淑兰尤其是"东成国小"的灵魂人物，年纪不大的校长与小朋友玩在一起，拍照的时候还会做出种种Kuso动作，十分可亲。

"东成国小"人数只有不到百人个，小朋友们被训练得可以独当一面，表演"跳鼓阵"，还能替我做导览，为我介绍校园外围墙上的陶艺作品，指出孩子们做的这面墙的故事。

乡下孩子在成长过程中，能过得健康快乐、生动活泼，也是另外一种长大的方式。谁说每个孩子都要在城里补习考试？人生其实可以有不同的尝试。如果是我，我不会反对住在乡下，让我的孩子受这样的教育、长大。

由此可见，事在人为，如果有学校的配合，让孩子、家长有不同的成长经验，很多事情还是大有可为。

我更要再强调一次，像"跳鼓阵"这样的活动，一方面可以健康身体，一方面也是保留民俗才艺的最好办法，值得其他学校学习。

有机会来台东，如果刚好碰到"东成国小"的"跳鼓阵"演出，一定不要错过。

原名「石山部落」的富丰社区

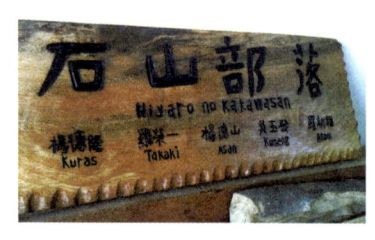

石山部落

来到富丰社区,但其实我更爱它的原名"石山部落"。到部落来一定要找社区总干事宋博芳先生,个子不高但十分精干,原来在都市里的金融界工作,为社区回乡,让人感动。因为年纪轻,所以干劲十足,有这样的人员加入,会将"富丰社区"带到一个新的境界,应该可以预期。

我对宋博芳有十足的信心,能为社区带来新助力。

便在他的介绍下,我得以见识到此行一位具"世界级"潜力的原往民女士:黄美花。

黄美花的原往民LV包

一到台东,朋友熊熊便不断地叨念什么"原往民LV包",我听到头额发麻,有时候真想要他闭嘴,但真正看到这"原往民LV包"时,我内心的惊叹,还真是不容易形容。难怪大家都如此称赞!

长得十分好看的阿美族女士黄美花,能够有这样的手艺,这样的眼光,用皮编织成各式各样的皮包,还真能够媲美名牌皮包,让人惊奇惊艳。我在台东的街上看到时髦的女士背着黄美花的"梅花山文艺工作室"作品,不仅一点也不会乡气,还很少会与人撞包。

富兴社区发展协会提供

吴丁宝木雕工作室

生孩子、抚养孩子之余,黄女士回想起小的时候与阿美族祖母学习到的编织手法,加上从其他地方所学,编出许多美丽的图案,可以作为参餐筷子环、挂毯、手镯等等使用。

我也跟着上了一堂简单的编织课,学会了一两样基本的技巧。我不是手巧的人,否则以此为出发点,必能编织些出美丽的作品。如果来台东,有时间的话,不妨来"梅花山文艺工作室"上一两节课,比起其他的才艺课程,一点也不逊色。

当然,只要花一个名牌皮包几十分之一的价格,便可在此买到从宴会包到野餐户外包等大大小小的包,比在城里的展览期间价格更合宜许多。

我们常鼓励原住民朋友,但像黄美花能将作品做到如此具世界级的潜力,还真不多见!

吴丁宝木雕

"八八水灾"后飘来大量漂流木,政府开放部分漂流木让民众捡取,吴丁宝先生用捡来的木材做出一个又一个的木头信箱,写上名字,竖立在部落里的每一户人家前面,可以说是从来没有过的尝试,成为另一种特色。

吴丁宝做的雕刻,用的是阿美族的神话故事和造型,很有特色。我希望他可以继续努力往更具创造性的作品发展。

"行政院"农业委员会水土保持局提供

吴丁宝尤其擅长唱歌,还特别喜欢唱日本歌曲,虽然年纪不大,日文的发音还真不赖。

宾朗水土保持户外教室

"宾朗水土保持户外教室"本来需要申请才能进入,但现已开放给一般民众参观。整座山区规划得井井有条,可以清楚地看到如何在山坡地上做好水土保持、间隔一定的距离栽种植物,好达到最好的效果。就我所见的,觉得是上了宝贵的一课。

"枫之林"里大片的古老枫木参天,冬天到来时,转变成为红色,是东台湾较难得看到的景观。

在"宾朗水土保持户外教室",爬一点小山到较高处,坐在大树下,从这里,可以远远望见台东市区,开阔美丽,令人心旷神怡。

枫林参天,为东台湾难得一见的「枫之林」

"行政院"农业委员会水土保持局提供

原生应用植物花园

从早吃到晚

到台东吃一顿乐活有机早餐,是许多台东人都会推荐的。我被带到著名的"蓝色日出",这里有现做的果汁、多纤维的谷物、豆子和地瓜。苜蓿和生菜沙拉当然也不能少。

"原生应用植物花园"规划完整,十分美丽,深具教学功能。里面分不同的区域,栽种不同的原生植物,值得花一些时间仔细观赏学习,相信能对台湾的原生植物有更多的了解。

园区里有一处自助餐区,以火锅的吃法,用最简单的方式,将各式各样少见的菜蔬汆烫后食用,既可尝到最新鲜的滋味,也保留了菜蔬的养分。看看这些菜的名字:鸟苋、角菜、龙葵、昭和草、藤三七、京水菜、洛葵、土人参、酸模……

台湾有这些原生蔬菜,你知道几种?又吃过几种?

"行政院"农业委员会水土保持局提供

"清河堂"在全台湾四处都有,但台东这个"清河堂"有一栋主屋,远从外地"搬"来,不妨来此听主人夫妇讲故事,如何"搬"来这么一大栋房子,真是不可思议。

主屋外有穿人的衣服的稻草人站立在田里,来这里,可以学习做稻草人、做客家的米饭食物,还能学习做手工肥皂,洗后手感与一般市面卖的还真不同。

杉原海边"混水摸鱼"

经营"乐活美学"民宿的江明华小姐,提供了多种玩台东的方法,我以为最值得称道的,也是到台东旅行最不可忽略,保证大家一定觉得精采万分,就是到海边"混水摸鱼"。

这样的玩法是我在海外旅行多年,也不一定能碰得到的。当然,会有如此深刻的意义,因为是在自己的土地,尤其是每年太阳升起的第一道曙光照耀的东部海岸。

说是到海边"混水摸鱼",一点也不为过,因为真的只要站在岸边的海水里,就有鱼在你的四周环游着,而且保证"摸得到鱼"。尤其拿片面包喂食,鱼儿就在你脚旁川游,真的十分有趣。不同的是,在此"摸鱼"还并非在"混水"里,海水清澈,水中的鱼清楚可见。

鱼群基本上是豆仔鱼与乌鱼,最特别的是,并非小鱼,而是

林煜帏 摄

有十五公分左右的大鱼。这些鱼在人的周围,一点也不怕生,向导览因为这片海岸已经复育十几年,没有人来此炸鱼、抓鱼、毒鱼,鱼群们不害怕人。

我看到一张吕秀莲来这里拍的照片。一向给人强悍印象的,笑得如此开怀的模样,好像小女孩,有若回到童年的纯真年代,不再有纷争,也无繁忙的公务要处理。

回到童年的无忧无虑,该是多少人的梦想。我虽然没有特别的忧伤,但这样开阔的海和天,仍然让我觉得心中平静安宁,十分快意。

躺在沙滩上,眼中所见只有海与天,这个时候发现,地球还真是圆的,因为海与天相连之处,还真的是个弧形。

向导十分有兴致地要在海滩上挖螃蟹,我本来以为只是小小的螃蟹,没什么大不了,可是看她兴冲冲地,也不好扫她的兴,就没有拒绝。何况,在这样一个美丽的海边,做什么事情都既美好又快乐。

我们在沙滩上寻找,很清楚地看到一个又一个小小的洞,大家都知道,这是螃蟹们的家,也是他们出入的通道。我们看中了几个较大的洞孔,可是向导摇摇头说:

"螃蟹今天不在家。"

继续往下寻找,向导相中一个相当大的洞孔,准备开始挖掘。我好奇地问:

杉原海边

"这只螃蟹今天难道在家?"

向导说:

"在家,因为洞口旁边的沙土还是湿的。"

我们刚刚找的洞,洞口的沙土已经都干了,她才会判断螃蟹不在。

为了怕伤害螃蟹,我们只有蹲在一旁观看,只有向导一个人用双手奋力将沙土拨开。不要小看螃蟹的洞口不大,往下挖下去,还真的很深,而且挖的范围不只是往下,还得往两旁挖。不一会儿,已经挖出一堆沙土,在旁边堆得老高。

可是还不见螃蟹的影子,螃蟹真的在家吗?我们不免起疑,可是向导十分确定,并继续向下挖。

"螃蟹的家还会转弯呢!螃蟹有好几个洞,或者说,有不同的逃生管道。"向导这样说。

横的向旁边挖了过去,又挖了十来分钟,突然听她尖叫一声:被咬到了!

这时候,每个人才确定里面果真有螃蟹。我不免感到有些不好意思,刚刚还怀疑,而向导一直要挖下去,是不是一种无畏的坚持。

但事情并非到此就结束,又过了一会,向导得意地用手抓出了一只螃蟹。

这只张开来有小孩手掌大小的螃蟹,墨绿色,看来相当勇

"行政院"农业委员会水土保持局提供

杉原海水浴场

李曙辛 摄

健，挥舞着全身的爪企图要逃跑，而且显然极为惊恐。我们心里都十分不忍心，还好向导立即将螃蟹放在沙上，虽然抓住螃蟹的手指头不曾松开。

螃蟹在沙土上，明显感到有安全感，不再挣扎。向导这个时候用双手将螃蟹底下的沙土一起捧起来，让我们能就近观察。螃蟹平稳地坐在沙上，居然一动也不动，让我感到十分惊奇。

向导还鼓励我们伸出手来接过她手上捧的螃蟹和沙，我虽然有些害怕，却还是照做了。当然是害怕被螃蟹咬到手指头，那可是很痛的，我有过这样的经验。

还好螃蟹不动，不知它是不是感觉到我们没有恶意，或者根本放弃挣扎。几个人轮流将螃蟹和沙在手里传来传去，也没看到它动一下爪子。

"有沙子就会让它觉得很安心。"向导说。

有的人一抓到螃蟹，害怕会被夹，松了手，螃蟹一溜烟就往海水里面跑，这时候拉扯之间，很容易将螃蟹弄伤，或者根本弄死，这都是不对的做法。

我本来还有些忧虑，没事干嘛从沙堆中挖出一只螃蟹，只为了玩乐，让人不忍心，干扰自然生态尤其让我觉得不应该。

可是这位年轻的向导，以她女性的细心和温柔，如此善待一只螃蟹，知道如何对待它，并没有伤害到它，这才让我感觉到，如果为了教学、示范作用，这样的做法，也许不为过。

当然,能不去干扰其他的生物,应该还是最可取的态度。虽然海滩上有成百上千个螃蟹的洞穴,但即便是这样小的生物,也应该得到基本的尊重。因此要提醒的是:抓到螃蟹,让它不离开习惯了的沙土,是基本的方法,不要虐待、玩弄它们;看完了,放它们走,将伤害减到最低。

放走了这只螃蟹后,我问向导,它会爬到哪儿?向导说:天黑了它会回到海里找寻食物。至于被我们毁坏了的洞穴?向导说:它会再造一个。

宾朗蝴蝶兰观光农园

到台东正巧赶上一场农产品盛会,在"宾朗蝴蝶兰观光农园"举行,来了足足有四百多人,新搭建的舞台上可唱歌跳舞,而且有摸奖。当天还提供很好吃的在地美食,像是炒米粉、客家菜或各式小吃,十分精采。

还有各式各样的摊贩,卖咖啡、农产品、玉米、甘蔗,牛奶馒头等等。当中有教小朋友做的才艺,连我都很喜欢,也学习做了几个。其中有用小小的释迦落果加上彩色陶土,做成了一个像飞天怪兽的小东西,自己都觉得很有成就感。

我不是有这种方面才华的人,老师的教法功不可没。

我也很久没有看到地方人士齐聚一堂这般和乐的场面,既可

宾朗蝴蝶兰观光农园

"行政院"农业委员会水土保持局提供

促进彼此感情与沟通,连我这个外地都市人看了都很感动。

这让我想到,要玩这种长时间的"居游",不妨从各方得到各式各样的讯息,参与当地刚好能碰上正在举行的活动,不仅能够深入当地,也可以多一种玩乐的方式。

在大洋之西
寻找乡愁

我很喜欢坐火车旅行,除了不喜欢在天空飞过美丽的山水,却全然不能得见之外,"乡愁"也是理由。

小时候,鹿港到彰化还有糖厂运糖的小火车,在客运未普及时,做为最主要的交通工具。

然后,这种小"五分车",必然地面临遭到淘汰的命运。

火车于是成为一种"乡愁"的表征,代表的是一段消逝的岁月与记忆。

那样小小的月台,离去的火车,"离别的月台票"的微带忧伤与怀念的滋味!

啊!永恒的火车!

梦幻车站

所以当许多年后,我已经习惯了淡水线火车不再,成为舒适方便的捷运。我在台湾坐火车旅行,成为对"高铁"最热衷的支持者,也感谢这样的快速火车,让我既保留坐火车旅行的美梦,

林煜韩 摄

又毋须忍受缓慢的不便。

可是,居然重新出现童年时的"离别的月台",怎不令我有若重温童年的美丽回忆?

而这月台、火车站出现在东部,出现在花莲与台东之间的"富源车站"。

便要一切话说从头。

要到花莲县瑞穗乡富兴、富源社区,如何到抵?一开始就被告知是在花莲与台东之间,一个只有普通车才会停车的小火车站。

于是只有搭火车到花莲,再由当地的人来接。车行需要两个小时,又担心行程太累,中途停在"光复糖厂",体验一下由糖厂转型观光休闲的怀旧地方。

糖与冰,是个十分基本的连结,糖厂的"枝仔冰"是许多人童年的美味记忆。今天的糖厂当然不只卖"枝仔冰",各式冰品,从霜淇淋到我们独有的"台式冰品"都有。

只可惜排队的人实在太多,只有作罢。

比较遗憾的倒不是吃不到冰,而是空气中少了糖厂空气中特有的那股甜香味。制糖不再,最先消逝的,便是气味吧!而且无从用"文化创意"来回复。

全球经贸中不断消失的这类地区性的产业,下一轮的世界,孩子的记忆中只会剩下霜淇淋、麦当劳与可口可乐?

老实说,我有这样的忧心。

本土凤梨「台凤三号」

不免开始怀念那个只有慢车才能抵达的"富源车站",可还是回忆中的车站?

台凤三号,本土凤梨

朋友有句名言,要让李昂开心,只要带她到田野里去摘采任何东西,果子与花尤其是首选。

便在这趟旅行中,见到了久违的本土凤梨:台凤三号。

特有的浓郁香气与甜味,不是改良过的"金钻"、"甜蜜蜜"单调的甜,当然更要提的是本土凤梨那种微酸。

啊!真的是恋爱的滋味!

可是久违的"台凤三号",在现今的富兴社区,却是作为另一种"祭拜"用的凤梨来种植。

理由简单,这本土凤梨可养成一大丛美丽的凤梨尾巴,绿色旺生的叶,摆在厅堂里一两个月都青绿如新,便成供桌上最好的

富兴社区发展协会提供

富兴客栈

祭品。尤其是谐音"旺来"的台语"凤梨",过年过节,都要买上一个祈求"旺来"。

为了要长期摆放,凤梨要在很青的时候便摘下(其实要的只是那一丛长而美的尾巴而已)。即使放了一两个月后,凤梨果身由青色转为橙红,看似熟透,但尝起来味道并不佳。

"在枞红"绝对是果物的不变真理,除少数例外,"尚青"摘下来方便运输及储存,但绝非好吃之道。

市面上少看到、吃到"台风三号"本土凤梨,到东部旅行时,不妨在"富兴客栈"这样的店家停下来,吃吃他们的凤梨餐。

当然不要忘了,问一下是否有"在枞红"的台风三号。

相信我,真的是甜蜜的恋爱滋味方可媲美。香甜浓郁,又有那么一点微酸,没错,只有恋爱可比拟。

简单之美

在地观光的推广,台湾各处可见美化起来的环境,当然十分值得赞许。但另一方面,有时候有些未经"美化"的自然景观,也可以是休闲旅游的去处。

这一趟花莲县瑞穗乡的"富兴、富源"之旅,便充分感受到"简单之美"。

尤其是地球暖化,灾难连连,种树成了近年来响亮的呼吁。但

富兴社区发展协会提供

「台凤三号」凤梨香甜，略带微酸，滋味浓郁

富兴社区发展协会提供

保持简单之美的「富兴步道」

富兴、富源两地,却早早即开始"平地造林",如今整片绿色林木苗壮,早晨或黄昏,来趟自行车之旅,吸入芬多精,不下于去山上。

种植的有樟木、榉木、肉桂、光蜡树、苦楝等,且应"林务局"等的鼓励,每甲地皆有一定的补助款项,造就今日已有一百公顷的平地林园,而且还在陆续增加中。

由于人口密度高,台湾各地,尤其是平地,鲜少看到树林,不像在欧美,只要不是在大都市,住宅区外便可见大面积林地,森林小路,成了漫游的最佳去处。

所以乍见这一大片绿色的平地林园,心里想的是:即便时限到了,还是不要砍它吧!好不容易复育起来的绿地呢!

同样保持"简单之美"的是需要体力的"富兴步道",体力好的,来回走上一整天都没问题,但如我之辈,走一小段,体会东部小小山林之自在写意之美,也就足够。

富兴社区发展协会提供

「靓染工坊」学员开心展示作品

这刚刚才要加入有计划地开创地方特色的"富兴、富源"两社区，还比较少见大规模人工变化的景区，自然、朴素、简单。

没有大山大水，也不具奇特的风景，但这正要起步做社区美化工作的两个东部小小地方，让我体会到：平凡中的美，同样值得珍藏。也希望官方不要介入，附加太多人工建设。

如果愿意，还可住到"蝴蝶谷"中，这里经过完善的规划，保留大自然的美，又顾及到舒适，是我们常见的园林渡假村。

台湾有这么多美丽的老树，是"蝴蝶谷"中意外的惊喜。我本以为，可以看到漫天飞舞的蝴蝶才会名叫"蝴蝶谷"，但台湾作为"蝴蝶王国"不再，这样的美景也就不可期了。

到"靓染工坊"，自己下手染一块花布，亦是绝佳的颜色创作体会，林兴华先生投入地方文史工作多年，且深具艺术特色，对我这种菜鸟教导有方。不要贪心加太多色，否则糊掉了只有成黑色。简单就是美，是我此行最大的体会。

富兴社区发展协会提供

位于「蝴蝶谷」中的龙吟瀑布,值得揽胜

富兴社区发展协会提供

富兴社区的土地庙

小小的土地庙

就如同刚要起步的社区营造,这里的人们很热情,十分动人,作为富兴社区总干事的杨先生,是那种有能力的当地人,有能力因而经商成功,有能力因而能在地方上说得上话,并因此投身社区工作。

新手上路,自然热情、热心百倍。我多年做社区采访工作,有机会被采访的社区,当然是工作有成的社区。而这是第一次碰到这样的"新手",备感有趣。

协助的是地方"老手",伙同我们一起探看一座小小的土地庙,说小一点也不为过,大概只有四五台尺高,但明显可以从造型与材质看到年代久远。

这小庙有如此顺畅优雅的线条,石板屋顶的曲线尤具特色,苔痕掩不了旧时被祭拜的遗迹。

我有着一种因信仰而来的感动。不是大量的信徒与香火,却

富兴社区发展协会提供

是源源的当地人求平安的印证。尤其小土地庙就在一个断层上，九二一地震时这邻近地区也曾受损。

很高兴社区注意到这样小的、地方上的文物，希望保存的过程中，尽量不要伤害到它原来的形样。

梦幻火车驶过

然后终于到达那我不曾坐火车来到的"瑞穗火车站"。小小的火车站，却有这样美化过的站前广场，地面上铺的彩砖带来愉悦的美感，尤其是站前一栋老日式房子被改成文物馆，将整个火车站装点得既怀旧又美观。

文物馆旁小小的咖啡车提供了坐下来喝咖啡的闲情逸致。入夜后，涌来一群社区妈妈们，来此聚会同唱客家歌谣。

这些看来都有六七十岁的男女，年轻时不知是否由唱山歌寻到另一半的归宿。于今歌声持续，自娱也娱人，他们还要在村民代表钟先生的指导与带领下，外出去参加比赛呢！

我也在这美丽的"梦幻车站"，喝到了一杯真的价值"昂贵"的梦幻咖啡。

做社区工作的周女士，为我们调配出一杯好咖啡，正啜饮着，忽然要谈话中的我们暂缓不要说话。

"听！仔细听！"

她的话声刚落，轰轰行来一列火车，就在身旁的铁道上疾驰而过，夜晚的火车灯火通明，像一条火龙急驶过地面，不曾减速，不曾停下。

是一辆莒光号列车。

"我们这里有个规矩，如果喝咖啡时有火车经过，算是表演一场火车秀给你看，咖啡的价格要加一倍。"周女士玩笑地说。

这么奇特的"看火车喝咖啡"，真是平生首见，就算再加一倍也值得。

静心期待，果真接下来又来了一班自强号，同样过站不停，但是后来来了一班慢车，缓缓地在"瑞穗火车站"停妥，吐出一群晚上归家的人。

"看到三次火车，哗！这个钱怎么算呢！"众人笑闹我。

而这灯火通明的火车，往后即便离开这东部小镇，仍在我的梦中一次又一次的出现。

啊！真是个奇妙的经验！

当金针花
还没开的时候

不得不承认行销包装的功用。享誉各界的"金针花祭"推出前，花莲赤科山的金针一样盛开，但少有人知道这个海拔九百公尺高的小小山头。事实上，已经灿开成橙黄色花海的金针花，代表的是农民的血泪——只有当金针滞销、不再被需要时，才会留下来开花。

一年就只有这么一季，八月、九月，赤科山的金针长成一枝枝长长的管状花苞。但，且慢，不能让它开了。还没有开的金针花采摘下来，才有食用的价值。我们吃到"金针排骨"这类菜肴时，金针花一定含苞未放。开了就不值钱了。

农民起早赶晚，早些年还带着油灯，采摘金针花。就怕一过时，金针花开，虽然美丽，但无从换取生活所需。一年来等的就是这么一季，花开一切成空。可是晚近由于其他地区的金针廉价倾销，就算及时采摘，都不足以支付工钱，只有任其花开。无从养家活口的农民只有外出打零工，兼别的工作。

最近几年金针价格更是直直落，而想买健康金针的消费者，却不得其门而入。价格便宜让金针被留着开成花海，将金针花转

赤科山地标：三颗大石头

十三弯剧团提供

型休闲观光产业，方带来新的商机。观光使看金针花、吃金针可行。要买无硫的金针，赤科山是最好的选择之一。赤科山有了另一个春天。

不免要问：过去，是谁来到这个山头，就为这每年一季的"金针花不开"？赤科山名称来自山林间长满的"赤科木"，这有板根的高挑大树，以木质坚硬闻名，日本人在日据时代砍伐作为枪托。如今，仅剩的赤科木不多，被称为千年神木的一株赤科木，兀自孤独地站立于高低起伏的金针花田间。所幸，旁边还有巨石相伴，这形似乌龟的巨石，便与千年神木相互依偎，看尽的岂只是赤科山的沧桑。

日本人采完可制成枪托的赤科木，仍败战离去。国民政府来台后，将赤科山开放租地造林，吸引了"新移民"。他们在台湾尚贫穷的一九五〇、六〇年代由西岸翻山越岭来此，先是种茶，之后引进金针栽培，成功转型成为栽种金针为经济作物的农人，直到本土金针滞销。

如是，六十年过去，如今山上仍有六十二户人家，约两百人，包含闽南、客家、阿美族、平埔族。早先来的闽南移民先占近山路的好地，愈晚来的阿美族只有向更深的山内垦植。这些"新移民"真的是筚路蓝缕，以启山林，当然也有许多故事流传。

故事从一条小路开始。总有那样的孩子，生在赤科山，从小

加蜜园

睁着一双好奇的眼睛,四下探寻。人称"燕子"的潘素燕,无疑也是其一。她最先想追究的是"新移民"时期,大伙为节省时间,从平地截弯取直爬上山的那条可达赤科山的蜿蜒小路。道路开通后车辆通行,这条小路荒废不再使用。

小路不是什么知名历史"古道",但命运相同地埋葬在荒烟蔓草中。"燕子"带着走过这条小路的赤科山老住民同行,披荆斩棘,重寻一段旧路。大伙更靠着回忆数一数。啊!小路有十三个弯道。

"就把小路命名为十三弯吧!"

当要成立赤科山剧团时,不免就顺理成章地叫"十三弯剧团"。叫"燕子"的女子,原在小贸易公司当助理,一直觉得飘浮在台北的空中格格不入,想回赤科山,又无从回来。直到"金针花祭"转型休闲农业,姐姐、姐夫在山上经营"加蜜园"餐厅与民宿,燕子才找到回家帮忙的理由。

燕子一向爱好文史工作,曾参与社区总体营造培训"营造员"的课程训练,因而有了基本的社区概念。追寻赤科山的一页"新移民"故事,山与人的生命史,燕子伙同住民,成立了"十三弯剧团"。

大伙都没想过,他们事实上做了一件了不起的事。即使台湾小剧场盛行一时,也不见一个"农民剧场"存活下来、一直演出。

要农民放下锄头来演戏,一开始实在不容易。虽然有少少的演

十三弯剧团提供

"十三弯剧团"于赤科山进行的首演

出经费补助,但只能说是其中一个诱因,重要的是,农民们发现了当中的乐趣。请来老师训练肢体动作,要做暖身,一天到晚劳动的农民,大概脸上三条线:"有必要吗?什么跟什么嘛!"但借着像"抓鬼"这类的游戏训练,朴实的农民从中找到童稚的乐趣。过往童年时为生计所逼,不曾真正享有的童年,于今在游戏中重现。于是,像游戏一样,农民放下锄头,发现了舞台上的"游戏"。

一上台手足无措,话都讲不出来;接下来跟对手讲话,不敢看人,眼睛乱飘,手不知放那里。然后慢慢进入状况,嗯!只要学会手脚怎么摆、怎么讲话,实在不难嘛!尤其台上说的"台词",都是熟悉的山上故事。

一起来创作啰!将过往累积的生活点滴演出来,就是最好的材料。于是,有人想到要演出这样过去生活的片断:两人抬一只肥猪下山去卖,路上不小心摔了一跤,没问"阿兄怎么样了?"先问的是"猪有没有摔到?"摔伤了猪得立刻杀,否则死掉出大问题。摔死了猪?哭到没眼泪。至于摔到人?有什么关系,会好起来的。

或者,台风天,先是屋顶四处漏水,拿东西接水接不完,只好桌上、身上盖着雨衣。这,还不够糟,强风一来,把屋顶都吹跑了。带着一家大小赶快到邻居家避风雨,哪知走在半路上,碰到邻居一家人。原来他们的屋顶也被风吹跑了,也正想到隔邻避雨。无处可去的两家人,在山区的强风劲雨中,四顾茫茫。

十三弯剧团提供

放下农具,粉墨登场的团员

当然,"新移民"早期的生活也不见得只有悲惨。孩子们还是可以玩"抓鬼"、"跳橡皮筋"。戏里更可以排演一场婚礼,于是有一个"媒人婆"这样的角色满场飞舞,引发台下观众笑声。

要农妇放下锄头与锅铲,更不容易。舞台上的演出,会不会被笑?过去,良家妇女是不时兴当"戏子"的。可是,时代不同了,演戏不是什么见不得人的事,但家里的孩子,尤其是丈夫,会不会嫌一天到晚见不到人影?

何姿仪便说,老公是传统农民,笑她"演什么戏?不见笑,谁要看?"老公认为演戏是出去骚,演到夫妻快离婚。还好之后都在正正当当的场所演出,"十三弯剧团"甚至上了电视被介绍,上电视耶!有点红,老公才不再说话。

成员因为个人、工作、家庭因素不能持续演出,时有所闻。燕子伙同大家克服了这个难题。"我们家就有兄弟姐妹加姐夫四人,有这些基本团员当基础,再找人,压力就没那么大。"她开怀地说。没有写好的完整剧本,每人从说自己的故事中即兴演出,少了哪个人,问题不大。

深令我吃惊的是,剧团里带批判色彩并勇于说出自己意见的,居然是个女性。林秀桃,剧团的艺名是"凤姐",凤姐提出林务局对他们种种不合理的对待(不曾成为戏的题材,我个人以为,是怕问题太敏感)。"我们演出我们有多可怜,"凤姐说,

十三弯剧团提供

表演「十三弯剧团」学校

"我们比细姨还可怜,九二一地震人人看得哭,我们受风灾水灾都要自己承担,没人问一句。"

演出自己的故事因而也成为一种情绪的宣泄与心灵的医疗。团员们都记得在中原大学演出的那一场,大伙演到入戏,抱在一起哭。演员们从手足无措,到上台只要不出糗就好,对白能大致说出来,不会让接话的人演不下去,或者,当演对手戏的忘词,能随机应变找新台词接。

没有完整剧本地即兴演出,但,每个人说自己的故事,上台都能有模有样。而且,还排练到熟练,演出多次后,不再等时间到了才匆忙上场只应付台词,而是演出前蹲在后台角落,静下心来进入情况:"要专业一点。"

甘苦谈当然也不少。演媒人婆的阿琴为表示"高贵",得穿毛皮大衣,有一回五六月天演出,她说:"外面大太阳,里面在下雨。"汗流得像下雨,可是仍继续演完那场。有一回紧张,忘了穿鞋就上台。有一场演在台上吃饭的,原本只是做做样子,后来觉得不逼真,便拿真正的食物上台吃。结果没经验,又要吃又要讲话,噎到了,差一点噎死。

演出当然也带来极大的乐趣,有时开车、骑车在赤科山的山路上相会,不约而同地互相用戏里的台词调侃一下,对上了,彼此心领神会一笑。因为演戏,社区动了起来,人与人的关系愈发紧密。

十三弯剧团提供

「小十三弯剧团」松园别馆演出

十三弯剧团扩展了演出的地区，不只在赤科山附近，更走出社区，开始在花东县境内玉里艺文中心、台东剧团、台东铁道艺术村、花莲市松园别馆演出，甚至还远赴台北的国际会议中心观摩表演。服装道具装在黑色垃圾袋、肥料袋里，坐火车上台北，真是非常"农民剧团"呢！演出的剧目有以舞蹈表现的《流动》，小朋友演出的《赤科木的森林》。小朋友们扮赤科木、山猪、猫头鹰、莫氏树蛙、斯文豪氏赤蛙、台湾猕猴、老鹰等，等于也上了一堂最好的生态课，教育他们赤科山自然界的种种。

压轴的是《记忆流过十三弯》，一页赤科山的生命史，并且拍摄成了纪录片，展现出一群人因演出自己的故事，整个社区动了起来，展现赤科山社群的生命传承和人的事。十三弯剧团不只在台湾，也应邀到香港演出，时值"金针花节"，女团员正忙，只有四个男生加上一个女生（燕子）赴港，这样一个居然存在多年的"农民剧团"，得到了注目与好评。"团长"李俊东长发，真像偷渡客通关时被叫到

十三弯剧团提供

一旁特别检查。要喝酒又怕贵,先进去一次探行情,结账发现不太贵,外面溜达一下才第二次又回来。算是开足了眼界。

下了戏,李俊东是个帅哥,家里种有机无农药火龙果,被我们称作"产销班王子",太太卢秋足,台上扮新娘十分美丽,他们家开民宿,早餐真是好吃。

演"阿兄"的巫智明,因为演得太像了,团员们都称他"阿兄"。有一次"阿兄"喝了点酒,排练时有点小冲突,有人便说:"我不演了。"其实多一人少一人无太大差别,随机应变调整内容,照常演出。"阿兄"身兼数职,种金针种茶,还去帮忙割槟榔。

男扮女装演"阿花"的潘哲雄,是燕子的大哥,靠山上的收入不够生活,曾在晚上到"红叶温泉"附近的便利商店工作。潘哲雄富艺术的敏锐性,我不免想到,如果有好的环境,说不定也是个出色的艺术工作者。他说他从便利商店这份服务业的工作中,学习面对各行各业的客人。事实上,他以"观察"生活中的人,作为演出的滋养与训练。潘哲雄也提出来,演到目前,他们要再进步,需要专业的老师教课,才能继续有演出的热忱,否则自己的故事有一天总会演完,接下来呢?

我当然期许十三弯剧团展拓另一个方向。但老实说,我却害怕来山上教课的老师,一不小心,把电视台那套搞笑手法带进这朴实的农民剧团。

连崧清 摄

二次移民的桃花源

碧莲寺的鸟居

我曾亲身感受到许多动人的片刻,但在花莲县寿丰乡的"牛犁社区",我却经历了不小的震撼。

"车子"是我见到"牛犁社区"的两位主事者的第一个印象。我在花东铁路近花莲的寿丰站下车,"牛犁社区协会"工作者杨钧弼与游雅帆夫妇,开一部十分老旧的车子来,中年夫妻晒黑的皮肤上漾出诚挚的笑容。

因为有邻近的"台湾观光学院"与"东华大学",寿丰站成为转接点,才较为外地人所知。也因为"牛犁社区协会",沉寂近三十年的"丰田"地区,才重新吸引众人的目光。

啊!才知道原来始自一九一三年,日本人即来此开村,当成日本人的"移民村"。丰饶的田畴、森林,使得这片介于海岸山脉与中央山脉、有山有水的平坦良地,成为"丰田村",包含丰山、丰里、丰坪等地。

还不需要沧海桑田,只消二战败战日本撤离,来自新竹苗栗的客家人来此垦殖,现仍占六成的人口,闽南人约占两成,其余为原住民、外省及外籍。而很快地,一九七〇年代丰田玉的开

杨宜静 摄

介于海岸山脉与中央山脉间的「丰田村」

牛犁社区发展协会提供

采,带来新一波的繁华。但也很快地,玉矿被滥采尽,丰田再度没落。

不曾消失的是日本人当初建移民村时,整齐划一的棋盘街道规划。原日本神社(现碧莲寺)的鸟居、开村纪念碑、石灯石狗、不动明王、祭典钟仍在。

便是在这样一个充满历史记忆的地方,牛犁社区最早的源起,是一九九六年,由吴凤娜、张百合与游雅帆三位社区妈妈,将先生、孩子一起拉来办活动。

当时主要是游由太太们筹划,先生们加入,逐步形成核心的四个家庭:徐永光、凤娜、钟国祥、百合,加上永远的总干事杨钧弼、雅帆,还有永光的弟弟,永明、秀兰夫妇。

钧弼出身军人家庭,是所谓的外省第二代,雅帆则从小生长在高雄左营。初搬到丰田,老大放学回家总被同学丢石头。两人至今都还租房子住,以世俗定义来看,经济情况并不佳,我也才了解他们何以开那么老旧的车子。但他们以自己的理想养大儿女,深具社区关怀。

牛犁社区有三不政策:绝不在组织内谈政治,不谈宗教、更不谈私利。所以当我问起钧弼对"花东高速公路"的建设有何意见时,他谨慎地表示:他个人自有立场,但不会站出来代表牛犁社区支持或反对。

"社区总体营造"在台湾已近十多年的历史,鼓励了社区的关怀与结合，也做出不少成绩，基本上培养了社区生命共同体的概念。但另一方面，资源的分配总不可能面面俱到，进而造成了社区的问题，让有些"没能力"、"没机会"，不懂得向公部门申请的个人、团体，不知如何是好。

丰田三村因为省道台十一丙县通过，将社区从中横切。花莲溪旁砂石场的砂石车若抄捷径，运输的路线就会经过丰田社区。大型的砂石车带来漫天飞扬的尘土，川流不息的轰隆轰隆车声，既污染而且具高危险。

想想孩子们玩耍的社区小路、阿公阿婆串门子的地方，被砂石车横行的马路切断，居民往来多不方便。如何不让砂石车在社区里横行呢？

牛犁社区想出了一个巧妙的方法。但首先要与道路两旁的十三户住家沟通，得到同意。如果能建一条"绿色隧道"，让绿荫遮天，砂石车就算要通过，也会被枝枝叶叶纠缠，至少放缓速度吧。

绿色隧道不外种树。牛犁社区多年来一直找寻各种资源在社区种树，种树也是公认的遏止地球暖化的最佳途径之一。但树长得慢，要绿树成荫可成隧道，更旷日费时。那么，搭个棚架，上面种爬藤类植物如何呢？好主意，但搭棚却不是容易的事。首先，政府不允许在马路旁的公有地上搭这类东西。棚架的支柱必须立足在两旁的私有地上。

成功让砂石车改道的绿色隧道

牛犁社区发展协会提供

绿意盎然、花朵争艳的绿色隧道

找来十三户人家沟通，大伙都受不了砂石车横行，表示同意。

棚搭起来，种上大叶邓伯花，满开着美丽的大朵紫花；也种像百香果这类可以爬藤又结果的"果树"，花朵争艳。于是，蝴蝶来了，各种昆虫回来成家。砂石车过这个"隧道"，果真得减速，而载重量大的砂石车，减速是最不愿意的，也就只好改道啰！

不能畅行无阻，政府部门也考虑应变方案，规划沿河航道替代道路。绿色隧道因之成为社区优良景观，吸引游客参访，孩子、老人也有了嬉戏互动的空间。

抗争有时无法得到改善，但软性的诉求，如果有巧思，好点子又得到支持，谁说不能创造双赢的局面？因为，我看到了不同意识形态相互撕裂的台湾，也可以放下对立，寻求一条共生之路。

牛犁社区发展协会提供

说到夜鹰时，我心中立刻想到的是那无数诗歌中传唱的"夜莺"。不，是"夜鹰"。朋友说："老鹰的鹰。""哦！我知道。"我鸡婆地说："我见过，我们小时候叫'暗光鸟'的那种成鸟，一只有一尺多高。小朋友不爱睡觉偷看小说，会被骂作'暗光鸟'。"

然后，均弼与雅帆告诉我："不是'暗光鸟'，是台湾夜鹰。"有这样一种神奇的鸟类？我的心猛地揪了一下。

参访牛犁社区时，钧弼与雅帆带我去看到台湾夜鹰，可是我却不想在此透露它们在何处及种种讯息。只能说那夜鹰是一种双手合抱大小的鸟，一点不似"鹰"的张扬，而且没攻击性。

就像在山里发现宝贵的台湾植物，比如一株千年神木，山友也不欲告知。因为，告知的结果就是引来盗伐，或者一堆观光客，毁掉宝贵的生态平衡。

话虽如此，由于农田配合休耕，休耕的农田种植绿肥"虎爪豆"，虎爪豆绿荫覆盖，使得田地阴湿，营生出蛞蝓科生物蜗牛，蜗牛吃虎爪豆，田里成了它们的乐园。

而萤火虫最爱的食物便是蛞蝓科。没错，萤火虫又是夜鹰捕食的对象。如此形成一道营生食物链生态，使得濒临绝种的台湾夜鹰，又开始繁殖。目前数量仍不多，一百只左右，为保护它们不受人为伤害而灭种，牛犁社区提出保育、复育的计划。

牛犁社区的研究调查，先要了解它们分布的情形、生存的环境、生活的方式，比方如何掠食、筑巢、求偶、交配、孵卵、育雏、鸣叫、休息等，好能在必要的时候协助它们保育繁殖。

相信读者朋友像我一样，对牛犁社区碰到的基本问题不能置信。当牛犁社区的成员告诉附近居民要保育夜鹰时，得到的反应居然是："夜鹰？夜鹰没有了又怎样？"

所以，只好从最基本的教育做起。办座谈会"给夜鹰一个美好的生存环境"，做儿童剧宣导列车，办"夜间精灵"征文、征画、征绘本活动，从小学、中学等学校，向下扎根……当然，更重要的，筹设"夜鹰守护团队"，避免被过度骚扰。

如果我告诉你，保护夜鹰最基本的，是乡公所不要在道路两旁洒除虫剂，读者朋友一定会说："乡公所怎么连这种基本概念都没有？"没错，全台湾多数的乡公所，为求道路的"整洁整齐"，不愿野草蔓生，人工剪草昂贵，最简单的方式便是洒除草除虫剂。然而，萤火虫是立即被灭绝的生物指标，遑论得赖萤火虫为生的夜鹰？保育、复育夜鹰的工作，便如此"基本"却又如此困难。只好加油啰！

我参访牛犁社区的各项工作，不禁对雅帆与钧弼说："牛犁村有了你们，地方政府有没有，实在没多大差别。"没错，牛犁村用最有效率的社区互助方式，满足了基本上所有社区的各项需求。社区林农、文化、产业、孩童、安亲、老人生活营造、妇女就业、生态资源深度之旅。我看到就读慈济大学的年轻大学生来

当义工,骑着摩托车为老人送餐。

"社区"的确凝结了共同的意识,但如果过之,也会形成各自为政的缺点,希望能经由"互信"建立"合作"机制,好截长补短,让资源得到更有效的利用、整合。"互信"建立在相互了解上,牛犁社区深入探访花东地区的诸多社区,为或已经停顿或仍在有效作用的协会,建立起重要、必须有的基础资料。

就我个人短暂的停留,我感受到"纵谷社区深度旅游"的效益。简单地讲,如果我要到花莲县来旅游,尤其是深度旅游,而不是走马看花地只在旅游景点停留的话,那么,找牛犁社区就对了。因为,他们有地观光旅游局更详尽的社区资料,足以让参访者进一步"看到"深入当地的人物风情。

我终于深切地体会到,"深度"不必像变魔术一样地"变"出新的景点、新的戏耍方式、新的玩乐对象。以台湾的小,讯息的发达,要"变"出新花样,哪里容易?

"深度"代表的,是真正能深入生活、深入民情,与在地的个人有交会,遇到的活动可参与,方能与走马看花的"旅游"不同。我们在海外都企图要"深度旅游",更何况在自己的土地上?而我要说的是:走了一趟花东,我才知道,我对自己的土地,多么缺乏"深度"了解。

牛犁社区当然不能肩负旅游的责任,但牛犁社区促成的"丰

杨宜静 摄

丰田文史馆

田文史馆",便是不可错过的媒介点。纵谷社区深度旅游的效益,除了有益旅客,对社区也带来实质好处。

"游客来到地头,地方居民能赚的不外食、宿。当地人经营民宿,居民就赚到住宿费用,否则,财团经营的大旅馆赚走了钱,留给地方的只有垃圾。"雅帆说。我便看到精打细算的雅帆,怎样让社区妈妈发挥长处供餐,让来参访的人有干净、安全的饮食吃,同时也让妈妈们有薪水可领。而社区妈妈们煮的乡土料理,还真不差。

雅帆的主意是:食物要端上桌,要不美味,要不材料好,要不花工夫在做工上。比如一盘皮蛋豆腐因为不见工夫,卖个三十元就很了不起,但牛犁社区的一道豆腐,经过炸、煮巧做后,连我这种号称"美食家"的爱吃鬼,都觉得很不错呢!

就是这样踏实的做法,使得牛犁社区协助社区自给自足。而

牛犁社区发展协会提供

当每个社区都谈到永续经营的问题时,牛犁社区给了我"永续"的最好定义:如果要当义工,一两次大家都有这个热情,但往后只有当来工作的人都获得回馈,比如有薪资可领,那么工作才会一直做下去,也才有永续。

社区工作持续不易,因为这个或那个理由,总有曲终人散或计划结束的时候。有人坚持继续努力,有人却离开了。牛犁社区的精神让人佩服,而我也很现实地认为,所谓"永续经营",就是让大家都有"好处"——不管是精神的或实质的——才能"永续"。

丰田村的悠缓气氛，令人心旷神怡

林煜帏 摄

就来唱歌吧!

那些歌还在,还在传唱,
也许只是星星火花,但,没错,歌声仍在传唱!

身为原住民创作歌手,巴奈·库穗先用歌声掳获了不少美好的记忆:"那样只有原住民能有的嗓子与声音!色调浓郁,苍凉而传奇。听来有一种熟悉的感觉,疏离与寂寞,久藏心底。"

卑南与阿美族的父母,孕育了巴奈的歌声。可是,这最拿手的才华,不能换取生活。一九九三年高中肄业,巴奈到大都市唱歌,也被"发现"——唱片公司签了两次共六年的合约,可是不知道如何"经营"。她,没出过一张唱片。

一九九五年,巴奈为自己写下这样的歌:

"巴奈流浪记"

我就这样告别山下的家
我实在不想轻易让眼泪留下

我以为我并不差不会害怕
我就这样自己照顾自己长大
我不想因为现实把头低下
……
如果有一天我变得更复杂
还能不能唱出歌声里的那幅画

二〇〇〇年,背着"原住民创作歌手"声誉,巴奈终于出了她的第一张专辑。她的挣扎、抗议与梦想赢得好评,可是巴奈自己知道:"这个时代注定了我心中的某一个部分要不停地流浪,不停地流浪。"

在"原舞者"待了多年,也跟着去海外表演,到欧洲、美洲,三四十天的旅行表演,也见过了世界。然后巴奈选择回到自己童年居住过三年的"初鹿部落"。以为是停止流浪,不再流浪,却发现在自己的部落里的另一种流浪。

巴奈不会说卑南族的语言,也不会阿美族语。卑南族的父亲开卡车维生,带着巴奈在台南讨生活,阿美族的母亲有自己的打算。巴奈的"母语"是闽南话,学校强制说"国语"。她说:"父母没有教会我母语,在他们的时代说山地话或有山地腔是卑微的。学校老师说我是汉人。"混杂的认同,混杂的文化。"早在我出生前便注定成为一个离开生命源头的人,我注定失去孕育我的母体文化,已经几乎被汉文化及外来文化取代。"回到初鹿部落的巴奈,不会说卑南母语,也不会说族里通行的日语。日据时代日本人成功的殖民教育,使日语成为各部落通行的语言。

巴奈还要面对另一种困境:初鹿部落已非童年居住过三年的景象,钢筋水泥的房子盖起来了,家家户户不再敞开大门相互走动,细说日常生活种种,相互扶持。台九线的繁忙车流量,天空不再能看到星星,初鹿部落和都市里的隔阂与疏离没有太大差别,让她有连"家"都无处可回的感觉。

巴奈一直说她有一个不知从哪来的想象:卑南族人过去是可以站在屋顶上唱歌的。当族里的勇士们带着猎物回返,女人站在屋顶的高处唱歌,欢迎他们回来。她一直想当个"站在屋顶上的歌手"。当然这已是不再可能达成的梦想。可是,歌还是要继续唱下去,不管是否站在屋顶高处。巴奈对已少有歌声的初鹿,感到责任在肩,想要尽一点哪怕是最微薄的心力。

然而身为一个创作歌手,基本上是个艺术家,巴奈原不是经营社区工作的那类工作者。没门路,行政机构也不会给这样的个人艺术家资源来做社区工作。于是巴奈写了一份并不十分完整、当然按政府部门要求也并非十分合格的企划书,这也是她生平的第一份企划书,靠的是对部落、对原住民文化与传承不灭的热情与一颗心。

巴奈规划从"传承"与"开创"两方面同时着手:让老人留下歌声,采谱,用现代的录音方式录制成CD,保留下来,不至断绝;教孩子唱这些歌,于活动中学习;让传统文化与伦理内化在孩子们的心里,方能传承;办一场"马路音乐会",让大家一起唱歌,歌声重回初。

三月"muhamut"(除草祭),由儿童组、少女组、青年组、"ina"(妈妈组)、"im"(奶奶组)齐唱的马路音乐会盛大举行。"除草祭"本是由女性组成,在工作完毕后举办的一种祭典,由女性主唱。巴奈在她的计划书里写下这样的雄心:"带动卑南族人一起来思索传统文化中的女性与现代女性的不同。"

初鹿部落

vivienjames 摄

卑南传统是母系社会，多年汉化后，女人不再是守护部落与家族的支柱，巴奈显然有心鼓舞卑南女性。音乐会本来想拦出一小段马路举行，但申请不获准，便改在部落的路上举行。当晚的微雨，不曾熄灭大家的热情。巴奈领唱的歌声充满原始祭典的肃穆，尤其在部落的夜空下，呼应着天地自然，苍凉中令人听之动容。

巴奈善用她在民歌界的关系，也邀请来歌手唱卑南歌曲，于是，台上台下齐唱"美丽的稻穗"，十分感人。而有位歌手，除了卑南歌曲，还唱了另一首歌舞剧《猫》的主题曲。现代流行文化果真无处不在，即使在这偏远的台东初鹿部落。

而后，当巴奈带着我到初鹿部落时，我不得不伤感地说："部落留下来的，只有老人和孩子。"年轻人要不外出讨生活，要不正在工作。夏日午后，炎热的水泥地，热气袭人（巴奈小时候的土路呢？），干净整齐的一幢幢"家"，隔离了一个个在家的老人，所幸孩子们还四处跑跳。

于今巴奈不住在这里，这个童年时曾住过三年的父亲的部落，反而回到都兰，在都兰糖厂旁的阿美族部落，巴奈母亲的部族，住了下来。这个来自传统母系社会的卑南女人，血液里仍流着一股强劲的耐力。于今她独力抚养女儿，成为家族的支柱。共同生活的还有"巴奈的男人"那布。那布是布农人，有十分敏锐的见解与丰沛的知识。然他们之间，她仍是那个强势者。

部落应变？不变？

　　初鹿部落不再是巴奈回忆中的泥土街道，种满夜来香，公有空间广大，大家在街上闲聚聊天。今天，部落前台九线轰轰的车辆不断，二三十公尺就有两家便利商店。"当部落失掉它原来的面貌，就不能再称部落，它事实上形同一个村庄，和'村'没有什么两样。"深具批判精神的那布指出。

　　部落不仅在改变，也在凋零。距离那场马路音乐会不到三年，巴奈带着我们重回初鹿部落，当年唱歌的两位imu（祖母）中风卧床，只剩下零落的片断歌声。而且，这两位七十岁上下的imu开口要唱歌，立即来到她们心口的，多半是日本歌。据那布说，这些日本歌流行在台湾的部落里，但在日本本国却少有人唱。可是当巴奈一提及并开始唱族里的歌，imu也熟悉不过地唱起来。对于一九三〇年代出生的imu，强大的日本殖民文化，已在她们身上留下无法抹灭的印记。已折伤一次的，哪堪再次流失？

　　倒是孩子们，虽然羞怯，当巴奈问他们记不记得演唱会、唱歌，都点点头。他们也许不会记得所有的歌，但只要至少记得一首，甚至一个旋律，都是将来召唤他们回到部落的联系。

　　我十分惊奇地发现，有一个菲佣在照顾imu。同样是南岛民族，那菲佣在外表上，至少可以融入部落吧！我不知怎地有种奇

vivienjames 摄

特的心动：啊！这么多年来，被国家、区域、距离隔离的南岛民族，于今以这样奇特的方式重聚。

"部落文化的流失，比海水淹上来的速度更快。做这些活动要用抢救的态度。"巴奈说，对无法融入童年时居住过的部落，仍耿耿于怀。

可是，那布有不同的看法："我很喜欢巴奈回到初鹿部落的样子，她还可以和孩子打招呼，这些孩子多半参加当年她领唱的活动。她可以带着我们从人家的家穿过，因为她跟他们熟，让我们觉得很亲切。而且，她还有妈妈的朋友可以探访。"巴奈有那布这样相知相惜的伙伴，的确是最好的鼓励。

离开花东的早上，那布送我到火车站。我们谈原住民种种，我尤其对"部落的失去"深表惋惜。却冷不防的，那布问我："你期待部落是怎样的？竹编的屋子、茅草屋顶，小孩没穿裤子在街上乱跑？"

"我不敢这样想，这样的刻板印象早不存在。可是我也不以为部落该是现在这种和其他地方没两样的钢筋水泥建筑。"我思索了一下，"老实说，我不知道部落今天应该是怎样的面貌。"

"没有官方的补助，丰年祭还要办吗？"讨论过程中，那布更尖锐地问。没错，当像丰年祭这样的祭典失去了与部落文化、生活结合的力量、可能只成为一种形式时，没有了政府的补助，谁还要继续办下去？而巴奈与那布所希望的部落文化，能结合节庆成为生活的一部分的部落文化，会不会只是愈来愈远去的梦想？

今年的祭典本是合法的狩猎期，一群原住民上山狩猎，被森林员警追赶，而原住民朋友们居然本能地赶快逃跑。"长期被污辱、屈辱、没有人会保护你、帮你。本来合法的一件事，居然也本能地害怕，不敢做。"回过神来，原住民开始有了这样的反省。他们想要有所行动，集结了部落的人，放狼烟、纠集上台北火车站抗议。"带便当打仗"是对他们的形容。

"讯息"（massage）这样的乐团便在巴奈的鼓吹下成立了。他们每星期四固定排练，集体创作，用布农、排

vivienjames 摄

湾语唱自己的歌,得到三十万补助,可以做下一张专辑。

有一阵子下了一整个星期的雨,四处湿答答的很讨厌,这样的歌便顺理成章地创作了出来:

下雨天,全身湿透,
喝什么?心里很干口很渴。

回台北后,部落的一切仍在午夜梦回里出现。尽管对现在的部落失望,尽管马路音乐会已过,当时的火花因为不曾有后续的资源挹注,不曾继续成为社区生活的一部分。

那个炎热的下午,在初鹿部落,当中风的老imu躺在床上,大人工作而孩子都不在身旁,身边只有一台小小的录放音机播放着歌曲,陪伴这中风老人的漫漫长日。录音机是当年的奖品。巴奈为鼓励族人唱歌,从募来的经费里省下来购买奖品。imu的妹妹得奖,要让躺在床上中风的姐姐至少可以听听歌,听听自己当年还能唱时的歌声,将这录音机转送给她。

imu放当年她自己唱的歌给我们听时,不断地说:"现在没法唱了。"说着,说着,看上去乐天知命的老人,红了眼眶。而我听到的不只imu的歌声。之后一直回唱在我耳际的,还有那年一个满怀热忱的女子,回到部落,办种种歌唱活动,希望留下部族的歌声。那些歌还在,还在传唱,也许只是星星火花,但,没错，歌声仍在传唱！

vivienjames 摄

枕山"水"美梦相随

有人说：台湾有宜兰，就不必移民新西兰；来到宜兰县员山乡，你不由得要对这个说法深表同感。多水的天然环境造就员山成为湿地生态层次丰富、观察水生植物、昆虫的绝佳宝地；乡内农舍改建、兼具栽种及教育展示的农场民宿也特别多。农家亲切温暖的待客礼数，生机盎然的田园景观，还有创意多元的农园体验DIY活动，不仅纾缓了你紧绷的神经，更大大开阔了你长期蛰居在城市之中的困顿视野。

山色如画水之乡

员山乡西面是地下水丰沛的雪山山脉，南边就是兰阳溪，沿着枕头山脚，密布着软埤、雷公埤、双连埤等大小埤塘，加上气候终年多雨，一直以来都是宜兰县内天然水资源最丰富的乡镇。居民引水灌溉农地成为良田，全乡盛产稻米、蔬果、红心芭乐、凤梨、杨桃等极富盛名，麻竹笋和金桔的产量更是傲冠全台，堪称宜兰富裕农村最佳代表。

员山乡地下水资源丰沛,埤塘密布

陈姵蒨 摄

美丽的「穗花棋盘脚」路树

幽幽水世界

员山乡为一典型农村村落,土地多为特定农牧用地、林业用地及部分水利用地等,一般以旱作及果树生产为主,全乡介于山区与城市交界处,在景观上,也融合了乡间的自然纯朴和城市的人文气息。由于地下水资源丰富,区内不少农民开设以"水"为主题的农场、养殖场,如胜洋水草、八甲鱼场等。其中八甲鱼场养殖香鱼数量占宜兰全县百分之七十以上,香鱼大餐非常出色;胜洋水草则以"水草的故乡"闻名,除了生态观赏之外,还有水草大餐可以品尝,大大超乎一般人的想象。

宛如画境

之所以知道宜兰有个"员山",是因为位处员山地区的"福山植物园"。

但到了员山,方知道员山本身就是画境,更不用讲堪称"台湾水乡"的枕山村。

一讲起"水乡",想到的都是威尼斯。枕山村被我称之为"台湾水乡",因为这里虽可远眺海岸,毕竟有段距离,但村内四处可见湿地、小水潭、水埤,特别是那经整治出来的"望龙埤",还有"雷公埤"等等大小埤。

Rita Chen 摄

只在夜间开花的「穗花棋盘脚」

Rita Chen 摄

小小的枕头山很秀丽,源自雪山的大礁溪在山麓地区形成冲积扇,四处涌泉,水质清澈、泥土肥沃,这里本就是三面环河、一面背山的好山好水宝地。

首先见识到车行过社区道路时夹道各式花草缤纷,尤其是第一次看到的整排"穗花棋盘脚"。虽是白天不见花朵开放,但,能营造出这一整排的"穗花棋盘脚"做路树,不免引发一阵思古之幽情。

所思的尚无需太多年前,只消思及台湾农业尚蓬勃时,田埂土路,纷纷以"穗花棋盘脚"做"界树",图的就是"没水也会活,有水也不死"的特性。

果真,也就在"望龙埤",看到一棵长在浅水里的"穗花棋盘脚",有些枝叶浸在水里,同样挺立。

夜里开花是它的特色,引来的不是蝴蝶,而是蛾类。自然界真是有好生之德,不偏颇地为不若蝴蝶美丽的蛾类,在视线没那么清晰的夜晚花间,提供了另一种蜜源食物。

既叫"穗花",当然花朵成串,像合欢的放射小针状花朵,粉扑一般,有白、粉红、红三色,开时带香味。白天晨间整朵掉落,铺满一地,十分美丽。

看不到夜间花开,那么,就欣赏白日落花不残,盈盈满地吧!

人生,总在遗憾之处有弥补之时。

只消懂得珍惜与及时。

芭乐村长

乐天知命的人果真正是枕山村的村长——"芭乐村长"张文章这样的农民。六十几岁,早年是佃农,生活穷困,但随着台湾经济起飞,特别是农地的变更使用与雪山隧道开通后宜兰的土地涨价,"有土斯有财",至今,也算是小有资产。

像芭乐村长这样的农民,与台北或大都市里的"田侨仔"不一样,"田侨仔"卖地致富,但农民不会离开他的土地。

于是,芭乐村长继续种芭乐,而且,不忘情于台湾土芭乐:红心芭乐。

林煜帏 摄

有着胭脂红果肉,浓郁芬芳的红心芭乐

不少人还有小朋友时候的记忆里,当时的原生芭乐不只颗粒小,而且只有薄薄一层皮,里层的籽又多又硬,吃起来更是涩又苦。

芭乐村长伙同当地农民,以枕山村的雪山流下来的质优地下水、肥沃的土地加上适度的照顾,慢慢地种出了颗粒和珍珠芭乐同样大小的红心芭乐。

而且,切开后,里面的果肉像胭脂一样的红,那样自然、美好的红色,的确在水果里并不常见。

尤其那香味,浓郁芬芳,甜度更是比珍珠芭乐不知高出多少。

台湾以"水果王国"闻名,但"芭乐村长"最近种成功的原生种的红心芭乐,尚未得到应有的注目,值得各方大力推广。

我尤其感动于"芭乐村长"对他种的芭乐的那份执著。听到我说南台湾也有人种红心芭乐,有个朋友两边都试过,"芭乐村长"迫不及待地要我问哪边的比较好。直到我问出结果,他种的芭乐是我们目前试过最好的,才如释重负。

我猜他在等待回答的那时候,大概寝食不安吧!

对于四处寻找好食材的我,这枕山村的芭乐,真的是少见的特优水果。

况且还可以有多种用途。"大礁溪农场"的游溪池,便伙同聪慧的太太,在盛产季用这样甜美的红心芭乐做成冰沙、冰棒,最奇妙的是,冰里还能保留了芭乐那股特别的香味,吃起来真是满满的幸福感。

"庄脚所在"的邓伯花廊

"大礁溪农场"还提供采果、民宿等,这里,真是来体验农村生活的绝佳地方。热忱的游先生,聪慧的太太,是最好的主人。

讲到台湾的人情味,曾任"员山乡"乡长的黄评慧,父辈家里是有钱人,而主秘陈溪源、"巴乐村长"张文章,曾是他家佃农。多年后在一起,自是一份亲切的关系。十分有趣呢!

第一家与最佳民宿

一定是有相当远见,才让"庄脚所在"成为全台地一家合法民宿。

民宿对面还有教育农场,种满两百种以上植物,春夏秋冬四季都有果树可供亲子同游,更不用讲香草、香树花卉。

我尤其喜欢这一进门的一条长花廊,上面爬满大邓伯花,花期可长达半年的粉紫色大型花串,一串又一串地垂落下来,漫步

Rita Chen 摄

卡幄汀休闲民宿

走入，真是徜徉在花中。

爱花如我，更是连连走了好几趟。最想做的是搬张椅子，就坐在花廊角落，美美地做个白日梦，让自己放空，融入花精的世界里，接受净化与洗涤。

尘心俗念，至少眼前这般，不再来扰。

不过要说枕山村的民宿，"卡幄汀"无疑是第一名。

学土木的民宿主人，精心打造了这幢只有八个房间、以大片玻璃构筑成的雅丽民宿。

大量地使用玻璃，使屋内能一览外面的层层小山，园子里结满柿子、小池、花卉。我尤其喜欢民宿主人懂得开窗、做纱门，便可不用开冷气，在暑热中也有山上吹来的习习凉风伴我入眠。

难怪有这么多偶像剧和广告来此取景。

卡幄汀休闲民宿提供

八甲鱼场养殖水池区

八甲鱼场

来水草丰美的枕山村吃鱼,养殖的鱼类当然是首选。

"八甲鱼场"是一处养殖混合餐厅的鱼场。除了吃饭,还可以来一趟鱼场之旅,可看到一些平日少见的特殊物种。

比如娃娃鱼,这听闻中哭起来像娃娃的鱼,可以长到一公尺以上,"八甲"的一尾娃娃鱼,头尾加起来足足有普通人的高度,较成人还大的头,看来十分奇特。

前阵子因为中国大陆嗜吃这鱼,而至引起保育人士的挞伐。亲自看到这鱼的模样,老实说,号称"美食家"的我,是绝对不会想吃这样的鱼的。

但我却一定要吃餐厅提供的混种鲟龙鱼,这鲟龙鱼有多种,

林煜帏 摄

新店山区曾养过美国鲟,黑海出名的鱼子酱也来自鲟鱼的卵。而长江的中华鲟,曾是人间美味,但现在也濒临绝种了。

我先看了"八甲"养殖的混种鲟龙鱼,样子看来可吃,我也在世界其他地方吃过鲟鱼,当然要有所比较。

结果惊艳于一碗鱼汤,带骨带头切块的鱼,全身软骨皆可吃,尤其相信胶原蛋白这类说法的人,会觉得"很补",价格也算合理,可以推荐。

只是担心"八甲"有多少鲟鱼可以下肚?

模样奇特的鳄鱼龟也是"八甲"的奇观,一只背壳像剑山的大型乌龟,原是宠物弃养后,黄老板在罗东运动公园寻获,带回鱼场养殖。

看来凶恶的大型乌龟,但只要它不觉得受到危害,是不会攻击人的,而解说员趁其不备一把将它翻过来。

啊,毕竟是乌龟,四脚朝天任,凭摆布。

值得借镜:望龙埤

将干枯的"软埤仔"整治出一处有山有水的宜人风景,让我看到台湾如何回复原有自然风貌的可能。

"软埤仔"的涌泉,水质干净,长年不枯,可做下游作物灌溉之用。

林煜帏 摄

原为「软埤仔」的「望龙埤」

陈姵蒨 摄

胜洋水草

然在埤仔上方的养猪场，长年排放大量猪粪，使水质优氧化后，水草水藻丛生，堵住涌泉水口。

最后干枯成一处杂草蔓延荒乱之地。

政府花了心力整治，将泥土挖出，堆成中央小岛；外围土坡，更引来大礁溪支流的水。两相配合，使"软埤仔"重新活了起来。

配合沿埤的道路整治，埤旁的小山有宜人的登山步道，如今成一处可登高远眺的休闲去处，岸边还卖有咖啡，可供休憩呢！

"软埤仔"便成为现在的"望龙埤"。但我宁可喜欢旧名，这里过去一定土软，才会有此称谓。而"软土深掘"，嗯，复活了这埤，也是意想不到的"俗语新解"吧！

胜洋水草

除了诸多村内整治工程，重产业也要转型，"胜洋水草"便是极成功的例子。一直是全台水生植物最重要的培育所在，家里有水族箱的朋友使用的水草，恐怕都是来自"胜洋"。

原是养鳗的鱼池，当鳗鱼养殖的优势被中国南部沿海取代后，还能做什么呢？重回家园的第二代开始栽植水草，也开发出水生植物、水草生态、原生鱼类、水生昆虫的生态之旅。

林煜韩 摄

极简风格建筑与水草绿意巧妙结合

林煜帏 摄

愿意接纳新的观念,在推广"宜兰厝"的期间,胜洋提供基地,让建筑师有所发挥,于是,坐落于鱼塭旁的建筑,以极简的水泥立面,结合了水、水草绿意,创造出称作"减法"的美学。

太多的物欲横流,遮蔽的岂止是身体、眼界,还有心灵吧!减去了不必要的,回归自然确实可行,即便只是短暂地让心灵呼吸。

认识一下田葱、蔺草(啊,是旧日用来捆绑东西的草)、大水莞,还有什么是"圆叶节节菜"、"水厥"、"三俭草"……

没关系,从与生活相关的认识起。我就在这里看到"莕菜",原来是尚在水中未成长的绿芽,由于仍浸泡在水中,叶子尚未挺出水面,方有那样湿黏润滑的口感。

餐桌上珍贵的美食,来自要一点一点在水下摸索才能摘取到的"莕菜"的嫩芽。

至于鱼腥草则较常见,用鱼腥草做的冰沙,有海的感觉,是吃大餐时最好的清除味蕾转换的良品。

还可以自做DIY产品。带回由小小鱼和水草自给自足密封的玻璃球,可以继续自给自足地存活两年。

我在胜洋经历了一趟水草的飨宴。

林煜帏 摄

山顶会馆

水之外还有山。枕山村的过人之处是四处小小的山丘,像"员山"海拔不过四十三公尺,但周边的阿玉山,甚至雪山山脉,都是著名的高山。

上山远眺,便是"山顶会馆",无可取代的景观,这里的菜肴精致,气氛尤佳。我尤其喜欢远眺不远处的龟山岛,坐在会馆的橘子咖啡,看暮色怎样淹没那海上永远漂浮的巨大乌龟。

而山下的灯火,辉辉地点燃。

我必得要说:台湾的乡下,真美。

就来趟枕山村享受一下吧!

橘子会馆可鸟瞰宜兰美丽夜景

Rita Chen 攝

辑二

台湾美食秘境

极品轩

名厨的
私人厨房

在纽约吃美食有过一次最难忘的经验：一家极负盛名的旅馆的法国餐厅，被评入全纽约十大好餐厅。我们事先打电话想订位，结果得到客气的回答：

"餐厅暂时关闭。"

追问理由，原来是主厨回法国渡假。

一个配备齐全的顶级餐厅，只因"主厨不在"便暂停营业，多大的气派！当然，也由此可见主厨地位的重要与受到的尊崇。

反观岛内，名厨不要说被称为艺术家，连最基本的尊重都没有。

与台湾厨师的自我期许当然有关，但岛内大环境的不尊重，才相因相袭，沿袭陋规。

即使如此，仍有一些极出色的名厨，比如被我们称为"食神"的张北和先生，以及为了进一步研究食艺、不惜成立工作室，成为岛内第一个有"个人厨房"的名厨陈力荣。

认识陈力荣时，他已经是"上海极品轩"的老板，言谈不俗、举止落落大方，像个经营成功的商家。

林煜帏 摄

又有好菜，又像在家请客的好所在

但他显然不忘本，讲起出身"大陈新村"、在"三、六、九"当学徒的过往，仍津津乐道。清晨四点陪师傅采买，只有挑重东西的份，学了一阵，才有机会端菜，以手指轻碰汤汁，偷尝怎样的菜才是好的。

陈力荣还提及怎样从切豆干着手，一块一公分的豆干，得片成十片，不黏刀的诀窍在刀要沾水。要煮的豆干，得切成波浪状，样样都得下工夫才学得扎实。

受的教育不高，学徒出身虽学得扎实厨艺，但陈力荣并不会因此受限。他精研《随园食单》和陆文夫、唐鲁孙等人的文章，除了在"上海极品轩"推出道地的江浙菜外，他的"个人厨房"——"炼珍堂"工作室，更是让我惊艳不已。

我一向极喜欢在家里请客，以前在台北还住在大房子时，宁可给朋友吃现成的鹅肝、鱼子酱"冷菜"，也不愿下厨去灰头土脸地炒菜。何况，我的厨艺实在不佳，家里有欧巴桑帮忙时，菜

林煜帏 摄

做得当然不怎样，更不用讲让菲佣做中国菜。

但我极喜欢家里吃饭的气氛，又实在没有能力（老实说也不觉得需要）有个家厨。美美地做个女主人，又有好菜款待好友，便一直只能是个梦想。

直到前阵子在"炼珍堂"陈力荣个人厨房吃饭，才发现此处只摆一张圆桌，有小客厅，极温馨，像家，一旁却又有专业且巨大的厨房设备。

更妙的是，虽位处八楼隐密的一角，但楼下即是"上海极品轩"，一些冷盘、放蒸笼内的食物，或者是不怕再加热的汤，可以从楼下餐厅直接端上来。而需要现炒、现烤的菜，则有陈力荣在现场立即操刀。

那天吃饭的主菜烤羊排，便是由陈力荣刚自美国回来的太太亲自下厨，陈太太在开放的厨房里一面做菜一面与我们话家常，请的客人都是一些好友，一面吃饭一面还有人弹电子琴、唱歌，真是温馨又愉快。

而最重要的是，这里有家里请客的味道，但吃的又是道地餐厅的极品江浙料理，还有陈力荣高兴时做的私房菜。

这真是圆了我"在家里请客，又有好菜"的梦想。哪天，我一定来此摆一桌，一圆做女主人的美梦。当然，那时就要力请陈力荣自己下厨。

名厨的私人厨房「炼珍堂」

"炼珍堂"既是美食研究室,在此自然要请教一些道地江湖菜的秘诀。比如说,"靠方"这道"东坡肉的延伸"的名菜。

据陈力荣说,只取胸部两边的五花肉,一只猪只能做十六块"靠方",还得是特别宰杀的温体黑毛猪。

在一个特大的锅里,要先摆上三十只鸡骨,上放竹片,再将切好的十六块肉摆上去,加上冰糖、红露酒、酱油及调料,从早上十点到下午四点,花六个小时慢慢"靠"——用文火慢慢煮。

烧了六个小时已极入味,但且慢,还不是立即上桌,摆一个晚上,明天再蒸热,这时的"靠方"三层肉皮厚且有胶质,肥肉只剩中间一小层,底下是瘦肉。

这道"靠方",我在"上海极品轩"每饭必点,好吃之外,也因为不是家里能做得出来的,想想十六块"靠方"得用三十只鸡骨垫底,还真不容易。

"炼珍堂"才开张不久,想必将成为台湾美食家(食客与名厨)"华山论剑"的所在。我特别向陈力荣献计:

从台中请来"食神"张北和,与最近我们称为"天厨"——天才厨师的东道主陈力荣,在"炼珍堂"来个打对台,各显绝活。

而到时候,不要忘了邀请我才是重点。

林煜帏 摄

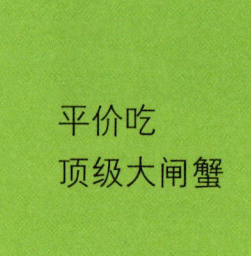

平价吃顶级大闸蟹

由于暖冬,今年公蟹聚油到出现一条像蒟蒻的长条白膏、吃了会黏唇的极品,这阵子方出现。一天进口两吨的大盘商,可以挑出多少这种顶级大闸蟹?

我极爱吃螃蟹,也不反对"大闸蟹吃到饱"这种吃法。

海峡两岸还未"三通"前,我到香港去找朋友,看到大闸蟹是整篓地送来,朋友打开一只,把膏吸了,咬两口就丢了,再吃下一只。

看得我目瞪口呆。因为即便到现在,在台北的好餐厅里,这样的大闸蟹,一只还是要上千元。

要能"大闸蟹吃到饱",最好是整篓整篓地买回家。几经明察暗访,终于让我找到了门路。

桃园芦竹的超级进口商

从瘦身到美食样样精通的于美人处,得知有这么一个供应北台湾大闸蟹的超级进口商,一天平均可进口两吨,一季光这家就

一箱箱空运进口大闸蟹

员工以熟练的动作在蟹身绑上草绳

可进上百吨。

　　一只大闸蟹净重不含绳，不过几两。两吨的大闸蟹，换算可达上万只（至少好几千只）。这么多蟹堆在一起会是什么光景？我十分好奇。

　　更好奇的是，这里是否可以用批发价买到整篓蟹，达成我"大闸蟹吃到饱"的美梦？

　　得知飞机下午到，报关再送到进口商处，通常晚上七八点，盘商便来载走一部分货。

　　我八点从台北出发，南崁交流道下，找到南竹路，左转一直走下去，约二十分钟看到"大竹教会"，前面第二个巷子左转，乖乖，一幢民宅里，一个又一个白色保丽龙箱子里，不正是一箱箱大闸蟹！

　　我生平第一次看到这么多螃蟹。

　　空运来的大闸蟹不曾捆绑，一堆十公斤，被装在一个网袋里。有几个女人坐在一张大平桌前，将蟹抓起用草绳捆绑，快手

林煜帏　摄

137

一分钟可绑一只,绑好后便是我们在市场看到的模样。

另有的正忙着装冰、装箱、打包,由于数量庞大,工人得彻夜工作到零晨三四点。

从找路开始,这一趟奇特的寻找大闸蟹之旅,真是好玩有趣又神奇。读者朋友如有空闲,当成郊游一样,白天等商家绑绳分类都做好了,来趟买大闸蟹之旅,还真是另一种宝岛旅游呢!

古意老欧吉桑"蔡董"

六十几岁,一头黑发又密又柔,蔡芳雄说是吃螃蟹吃出来的,他即是大伙口中的"蔡董"。他的一家人,儿子媳妇女儿女婿,全从事海产生意。女儿还特地到上海学挑蟹,经过她手中挑出的,只只精彩。

"蔡董"平常从事龙虾、螃蟹买卖,秋天专门进口大闸蟹,为降低成本,投资在中国大陆养大闸蟹,可说产销一致。

今年由于香港不景气,出的价钱平平,很多好蟹都进到台湾。不过"蔡董"和家人都建议钱要花在刀口上,以下是几点挑蟹建议:

吃六七两蟹即可,大蟹如不会挑,肉空而膏瘦,勿迷信"大即是美"。

别太迷信某些名湖的蟹,有的只是别处养成,再到某某湖"过一下水",泡个几天就号称是某某湖大闸蟹。

真正的阳澄湖大闸蟹，因为吃湖底的一种螺，会有特别的香味因而名贵。产地产期不同，"当时"的蟹才会最好。农历八月算是季头，十二月中尾声，这阵子苏北的蟹最好。

要买有镭射标签的，只要不是太贵，买了心安，也无不可。做镭射标签的机器昂贵，目前有几家合法公司有这种认证方式，尚不容易仿冒。

"九尖十团"的说法不一定准确。有的行家只吃公蟹。天冷，蟹积油要过冬，公蟹膏有一层油，母蟹有的是卵，味道不一样。

由于暖冬，今年公蟹聚油到出现一条像蒟蒻的长条白膏、吃了会黏牙的极品，这阵子才出现，价格贵些但一定值得。

打开蟹后，红膏较黄膏卖相好，因为收成前喂虾皮虾头。挑时青背、白腹、金毛、黄脚，仍是参考，愈新鲜壳愈青，壳变黄青色表示已进口多日。

卖方不可能让客人乱捏，选拿在手上沉的较好。进口后大约可

林煜帏 摄

活一个星期,但家中保存只有三两天,买来宜快吃,也免得蟹瘦了。

在家吃大闸蟹,还可沾芥末

餐饮界名人严长寿,为报纸示范吃大闸蟹,一堆工具,不下二三十个步骤,看得我眼花缭乱。在餐厅里吃,为礼仪只好如此。在家里吃?哪管得了这些。

没有工具?没关系,一把榔头就够了。没有榔头?凡是坚硬能敲开蟹大螯的就行了。其他的?牙齿和手,就是最灵巧的工具了。

要打开蟹一定得先剥下脐(仔),打开蟹后去掉腮与胃,嘴凑上去把膏吸了,点滴不漏,又大口,美不可言。

吃蟹身体,重点在找出它横隔的薄壳,牙齿一咬,便知所在。再用手像剥蒜瓣一样,挖出肉来吃。舌头也是帮忙挑出肉的最灵巧工具。

用剪刀剪开蟹脚?当然很好,要不,剪开两端,用筷子一推,一条肉就出来了。或用牙齿咬,咔嚓一声裂开了,真是好听。但大螯一定用敲的,不要让牙医赚这笔钱。

至于沾什么吃,如缺乏好的镇江醋,意大利(西式)浓醋,也是另种风味。朋友更绝,沾日本芥茉,酷毙了,也好吃。只是不宜太多,抢味。

反正,只要喜欢,没什么不可以。

林煜帏 摄

石山日本料理

日本料理
到台湾

"石山日本料理"的大厨何信霖,我相识多年,从他最早发迹的中和四号公园旁的小料理店吃起。

更早,何信霖从居酒屋、烧烤做起,不满足于现况,到日本学创意料理,成功带回来日法料理,几年前在台湾地区打出名号,从中和展店到台北市,之后更将领域扩展到厦门、上海、北京、武汉九个城市十三家店,可惜几年后铩羽而归。

回来继续经营四号公园旁的小店,依然吸引喜好美食者前往。

吧台只有四五个位置,端看当日的渔货,每有惊喜之处。以善于料理鲔鱼全餐闻名,尤其烧烤鲔鱼下巴最被称著。料理生鱼片,鲔鱼上中下腹,及红鲔肚,各有处理手法。也常以季节料理入菜。

日式料理为本,再加上法式手法,盘饰酱汁总有画龙点睛之妙。比如乌龙面淋上特制汤汁,上铺好烤过的牛肉片或者生牛肉片,再加上紫菜、蛋丝,略带有越南河粉的特色,但因为用的是乌龙面,又有日本料理风情。

"石山豆腐"以台湾式的嘎喳加以变化,创新了豆腐。中午的简餐价格不贵,就可吃到丰富多变的整套菜肴,物超所值。

石山日本料理提供

石山豆腐

石山日本料理提供

何老板经过人生的大起大落，重回到他的出发地，而台湾、新北市作为故乡，伸出了温暖的手，也给了回归的游子以厨艺再出发的机会。

上述创意料理，可以不用花大钱就可以享受到精致美食，实在是造福新北市居民以及喜好美食者甚多。新北市如何在这样优良的条件下，开创更多好的餐厅，是值得努力的目标。

更要说一说的是何信霖这个人。

他是一个相当迷人的男人，长得不差，聪明又能力好，像任何一个行业里成功的男人。比较特别的是：

他是一个厨师，一个日本料理厨师。

这个行业里，我们较少听人说"某某厨师还满迷人的"，理由无他，中国厨艺系统的厨师，总要爆炒、大炸，一头一脸油，好似怎样都优雅不起来。

但西厨，那一身白衣高帽的法国厨师，餐桌边给你现做一道甜点，好像距离"迷人"比较接近。当然，还有日本料理师傅，特别是在吧台后做寿司的师傅？嗯！通常可以用"酷"来形容。

何信霖，中年，对一个厨师来说，是个很好的年龄。这个阶段体力颇佳，经验也累积到一个程度，基本上，容易有神来之笔。

何信霖高中毕业时就知道自己不光只要读书，先在罗东朋友的日本料理店当学徒，从淘米熬汤做起。后来透过从事观光业的姐姐，到日本两年，从学徒做起，为了要真正一窥堂奥，花了不少钱私下请店里的师傅，在店外传授绝活。

"从磨刀开始学起。有个学徒，光学磨刀学了十几年，师傅都说还未学成。"至今何信霖还保持每年回日本观摩一趟。他的求好心切，也使他跟随严长寿做过一趟纽约美食之旅，吃的全是纽约一千九百多家餐厅中的最顶级之选。

有这样扎实的根基，又上进，颇见过世面，使得这个长得还不错的中年厨师，像任何行业的成功男人，算得上迷人。

印象深刻的是有一回，几个朋友到台北三家贵得出名的日本料理店吃饭，对这家食材基本上都由日本空运来台的高级高价店，我这个爱美食但也爱美好气氛的人，十分满意。

既是厨师出身的何信霖，应该更知道个中诀窍，要他评鉴。追问之下，他客气地说：

"做得最好的是寿司的米。"

老天，那些昂贵得不得了的生鱼片等等……

何信霖认为，只要舍得花钱，只取最好的部分，他自己的店也可以做到。

一大餐精致昂贵的日本料理，却独独分辨得出寿司米煮得好坏，这细腻的味蕾触感，嗯！真是"内行人看门道"。

而到他的日本料理店吃饭，也每每让我有诸多惊喜。来此吃过的食家、记者大都同意，何信霖的日本料理巧妙地结合法国菜、中国菜，甚且台菜。

比如何信霖的"山药馒头",将山药切块蒸熟过滤,内包鸡肉香菇等,再炸勾芡。有日本料理的清爽,但又有中式料理的香美。

如同他细腻的个性,何信霖最拿手之处恐怕在料汁的调配。一道"蒲叶牛肉",蘸的酱得先将味增滤过,才会细密,加蛋黄清酒柴鱼高汤搅拌,凝固再加橘子皮,再拌。这酱料的多层次、鲜美丰富,将有蒲叶香的牛肉带到更高的境界。

更不用讲他店里的生鱼片。会亲自到基隆渔市挑鱼的何信霖,对鱼的知识丰富得让人佩服,但这毕竟是他"吃饭的家伙"。有趣的是,他性格中的浪漫部分,使他对买鱼这样得早上三点起床的苦差事,也能看到当中的情趣。

比如听他讲如何到东港买黑鲔鱼。这鱼中极品,可重两百至四百公斤,端午节前后正是钓的最好时节。得放几百公尺的钓线,最好是鱼上钩立刻拉上来,不要让鱼死在海里。

"如何分辨toro的鲜度?就凭经验。当然,油脂多的鱼一旦上钩,其他鱼爱就来咬;这种被鱼咬过的toro,常常很肥。"何信霖说。

我料想何信霖因为专精讲究,在选鱼、做菜上必相当"龟毛"。但所幸他有厨师一贯训练起来的小心翼翼,而且由于厨师在台湾即使技艺专精,仍不能嚣张,这使得微微害羞又敏锐的何信霖,十分细心且善体人意。

这位眼光独到的台湾日本料理师傅,最近的一大创举是到对

山药馒头

综合生鱼片

石山日本料理提供

岸的厦门，去开一家相同店名的日本料理店。

占地三百坪，在厦门的莲花别墅，走最高级的路线。已亲自到厦门坐镇一些时日的何信霖，为了一贯坚持的"料好"，渔获都由大连空运到厦门。不用就近的金门渔产，主要是因为两岸需要通关检验，太麻烦。

"而且大连有顶级的海产。"

但由于厦门地区仍不易购买到一些搭配的高级食材，何信霖除了将台北店里的料理带到当地外，也会就厦门有的食材特色，创造新菜。

也许有一天，厦门店里的料理也会回流到台湾的店里呢！

我跟着何信霖吃了近两年的菜，发现这个敏锐的厨师，从一开始走的"刀工、食材"极为考究路线，到最近这段时间很爱做多种变化，翻新各种创意，走的是这阵子世界性流行的复合(Fusion)菜式。

真的感到这个中年厨师，从"看山是山"走到"看山不是山"的境界。

下一步，再走回"看山是山"，不知何信霖又会给我们怎样的惊喜？

对这个算得上迷人的日本料理厨师，嗯！我还会跟着他吃一阵子呢！

石山日本料理提供

御神的十二道怀石料理

我在东京、京都、福冈,及几个日本的老地方吃过怀石料理,豪华昂贵也许略有不同,细致细腻倒都一样。

台北的日本料理当然有令人惊艳之处,特别是一两家每日从日本空运高级食材的餐厅。我还特别喜欢一些略带台式的日本料理,这样台日混杂的饮食文化,当然是别处享受不到的。

但总感受不到在日本吃怀石料理的那种清雅,最顶级豪华昂贵的食材,也可做得火气全无,更不用讲贵气。

嗯!的确是清雅。

最近倒是享用了一套"出乎意料"的怀石料理,在完全想不到的木栅路三段的巷弄里。而深知怀石料理真髓的大厨"阿昌师",也明言他做的是"创艺怀石料理"。

认识"阿昌师"多年,他先是在一家知名的大饭店掌厨。从十六岁踏入这行,有足足三十多年的经验。日本当然是常去的地方,为了精益求精,更为童年梦想,回到小时后长大的地方,开设"御神",登记的名字居然是"御神小吃"。

我远从住处的北投山上,可说穿过整个大台北市,到抵木栅路三段,而尝过十二道"创艺怀石料理"后,那种满足感,在回

御神四季创艺怀石料理

御神四季创艺怀石料理提供

家的路上真可说是：

御风而行神采飞扬。

读者朋友不妨细看我究竟吃到什么。

前菜"蔬果沙拉"算是常见，小钵"仓藕燻鲑"藕雕成花饰，而莲子去心串成一长串、美感十足。进味"冰晶生云丹"是海胆冻，滑润可口，佐以新鲜芥茉。吸物"冬沙挂雪"十分有创意地以冬瓜沙做汤底，加雪场蟹精肉熬成，浓郁绵密。刺身"矶味盛合皿"内有黑鲔鱼腹、进口牡丹虾、本地胭脂虾、海鯝、薄口等，够昂贵好吃了吧！烧物"一夜干"是北海道新鲜花鱼。

到此只吃六道，一半菜，而我已经饱了。

接下来蒸物"川泉御豆腐"不只是普通豆腐，上卧一只鲍鱼，秋葵上更有鱼子酱。煎物"北海玉贝柱"大颗新鲜干贝五、六粒，上有鲑鱼子、金箔（日本人认为吃金有益身体）。

最后的三道菜更有看头。扬物"雪场具足扬"，炸雪场蟹长脚，旁衬红酒梨。接着是"米泽朴叶"，这还是我第一次吃到较松阪、神户牛肉更珍贵的米泽牛肉。有多好吃呢？胭脂色的牛肉不论熟度如何，都可达到稍一嚼咬，真的入口即化，汁液肥美丰盛胜过任何牛肉。

真的不是盖的！食事"星鳗蒸饭"，用了一整条星鳗包长糯米。星鳗原在鳗鱼里算是小鳗，尺来长。这么豪华地吃一整条，嗯！真过瘾！

只能说，"阿昌师"的料理，变化多端，每回去试，都有所创新。

阿昌师的料理变化多端,力求创新

御神四季创艺怀石料理提供

天津卫小米食堂

孔府菜——
带子上朝

先说在哪里吃到孔府菜"带子上朝"。

是在新店区北新路上的"天津卫小米食堂"。

用"天津卫小米食堂"这个店名,恐怕还得拆解一下。有人会把它拆成"天津"和"卫小米食堂",因为"天津"是地名,而"卫小米"是姓卫名小米。

答案当然是错的,"天津卫"是个地名,明朝军士屯垦区就称作"卫",在天津,所以是天津卫,就像"威海卫"一样。而"小米",是店家的名号啰!

"天津卫小米食堂"当然卖天津菜,"坛子肉"、"冰糖肘子"、"老豆腐"等等,这里的烙饼、小米粥,更是一绝。

但这个店里最有意思的,还是天秤座O型的年轻大厨:小米。

没错,就是这个变化多端的小米大厨,做了这道只在书本上看到的孔府家菜"带子上朝"。

先说这个被我称为"有潜力将来成为一代名厨"的小米吧!正值中年的他,二十四岁时就到大陆做生意,也起高楼、也楼塌了。

天津卫小米食堂提供

招牌菜——虎皮猪脚

但在大陆的几年光阴，小米由于太太任职天津的五星旅馆，结识一帮中国各地厨师。

为了求艺，小米不惜拼酒，以好酒量胜过大陆厨师，让他们肯说出绝活。连偷带学，练就小米一身本事。

而开小馆的爸爸老米大概没料到，一趟大陆行回来后，让儿子转了性，跟着下起厨来。

好学的小米，于是活学活用研发新菜。小米一道自创的名菜"虎皮猪脚"，灵感来自德国猪脚。

先腌猪脚再蒸至烂，放凉成形，下锅炸脆，上桌前撒上花生粉。猪脚皮看来五花斑斓，像虎皮一样，故名"虎皮猪脚"。

这菜皮脆Q，肉心不老，好吃。

小米除了研发新菜，也向老食谱、美食大师逯耀东、朱振藩请益。依样画葫芦地，小米做了孔府家菜：带子上朝。

天津卫小米食堂提供

带子上朝

天津卫小米食堂提供

上桌时一个大盘里中央稳坐一只鸭,旁边跟着六只鹌鹑。

每个人惊呼出声。真像是带着一群孩子。

小米有他的解释,本来的食谱是一只鸭带一只鸽子,而且,鸭、鸽嘴要剪掉,只留舌头。小米说是因为以前封建时代,怕祸从口出,所以剪嘴像噤声一样。

小米试作这道菜时,也将鸭、鸽嘴剪掉,但卖相实在不佳。

颇有"新人类"之姿的小米便说,现在民主时代,可放言高论,不用剪嘴。

所以我们吃到的"带子上朝",一只鸭六只鹌鹑,嘴全在。

至于用鹌鹑取代鸽子,原因在于小米觉得台湾养的鸽子肉松垮,赛鸽又太紧,改用鹌鹑。而为何带六个呢?因为我们那天一行有十二个人,一人一半。

这"带子上朝"除了看相有趣,吃来更是精彩,而且,让我们对这道神奇的孔府家菜,有个初步印象。

虽然"带子上朝"有另一种"五花肉上放莲仔"的做法,有创意的小米,还是喜欢鸭带鹌鹑。

这便是有些新人类的大厨小米。

行家吃的上海菜

台湾汇集了全中国各地的美食，是个不争的事实，无需在此多做解释。

但与一些大陆来的朋友，在台湾吃大陆菜，比如说吃台湾的"上海菜"，成了有趣的切磋。

为什么是上海菜呢？正确来说，应该说是江浙上海菜。

一九四九年"国民政府"来台，因为蒋中正与周边系统的官场权贵喜欢江浙上海菜，一时，这类的馆子应景而生，成为在台湾蓬勃发展、也因而保留下来的一大菜系，当时被称为"官菜"。

三分俗气

要说现在的台湾上海菜，尤其是在新北市，就有两家值得一提的上海菜馆："三分俗气"与"冯记上海小馆"。

"三分俗气"的前身，大概称得上是台北最早的私房菜，当时只有一个门牌号码"永和水源路68号"，甚至没有餐厅名字。但只要是内行人，都知道这里来往的人，非权即贵，也因比蒙上几分神秘的色彩。

狮子头

　　摆设布置不像餐厅,倒像在家里,席开两三桌,道地的上海菜,道道精致美味,收费当然不低。

　　时代过去,"永和水源路68号"不再,曹家兄弟有人继承了家中的好厨艺,曹一和得到真传的太太,在永和国光路开了小小的餐厅,名字就叫"三分俗气"。能用这么不怕俗气的名字,因为主人一点也不俗气。

　　曹一和对音乐有钻研,还是个高段的发烧友,将家中当年水源路68号的美味重现,几道老菜"狮子头"、"烤方"、"萝卜牛筋"等,浓油赤酱,对我们来说,是十分道地的上海菜。像"虾子大乌参"更是够味,虾子料足、乌参都是严选上好的猪婆参,产在南方的海域,肉厚、无刺。

　　然有所传承的"三分俗气",还有独创的"白灼禁脔"、壹传媒黎智英最爱的"木耳鸡丁"等,也成招牌菜。

　　美食大师朱振藩先生认为,"三分俗气"以江浙菜为主,加

三分俗气提供

白灼禁臠

木耳鸡丁

三分俗气提供

隐身于巷弄，却扬名海内外的上海菜馆

上独创的精致料理。慢工出细活，虽然菜色变化不多，但其精致细腻的程度，少有人能比。

冯记上海小馆

"冯记上海小馆"的冯兆麟师傅十一岁入行，到美国开餐厅，还曾在克林顿总统宴请宾客的宴会上做中国菜，回台后在永和文化路的巷子开了这家海内外知名的上海菜馆。

美食家朱振藩先生认为，"冯记上海小馆"以上海本帮菜为主，以川扬菜的手法烧制。

上述出名的川扬上海菜在此都吃得到，更不用讲冯师傅独创的美味，比如以家乡的寿面为本，加上海鲜，一大尾七星斑尤其梦幻美味。英语世界出名美食家、为英国国家广播公司BBC和美食杂志撰稿的扶霞·邓洛普（Fuchsia Dunlop）女士，吃完后大为赞

林煜幃 摄

叹,称之为"梦幻煨面"。

由于娶的是上海姑娘,经常回上海,得以从上海带回来各式食材。融合两岸手法,加上自己的创意,菜色富有变化而多层次。

同与异

与从大陆来、在上海长大的朋友吃台湾这两家上海菜馆,大陆朋友提到,口味已经因为适合台湾的清淡而有所改变。我原来还不太以为然。我一向以为,大陆曾经中断了美食的传承,台湾反倒保留了一些中国的菜肴。

直到最近有机会在上海吃到几家道地的上海私房菜,才体会到所谓的"浓油赤酱",真正的那个"油"与那个"甜",真是又油又甜。新北市的这两家上海菜馆,的确已经因适应台湾的口味而略有改变。

美食大师朱振藩先生,拿"红烧肉"这样每个馆子都做的菜来说,猪的品质与烧的手法,两地不一样。大陆喜欢皮肉要有点脆度,肥肉不多,但也要有脆度。台湾则要皮Q肉软,有肥油又要肥而不腻。

整体来说,台湾保留比较多的闷煨手法,软、熟、烂,原汁原味。

大陆用鱼的种类比较多,台湾用鲤鱼、草鱼、鳝鱼,大陆还加上黑鱼、鳜鱼、白丝鱼等河鲜。青菜方面,初冬的野菜如马兰头，台湾没有。

道不道地

读者朋友当然会问，那么台湾的上海菜馆就不道地吗？

我个人对此有不同的看法。在不断创新的美食体系当中，以最精致的法国菜与日本料理来说，晚近三十年来不断有巨大的改变，更不用讲与一百年前相比较，一定有重大的不同。

台湾现今的上海菜，的确与现今上海的上海菜稍略有不同，但基本上差异不是那么大，只能说是口味不同。因此不妨称作"台湾的上海菜"，也算是一种特色，一样可以扬名立万。

只要美味，有什么不可以？在台湾要试上海菜，不要错过新北市的"三分俗气"与"冯记上海小馆"。

三分俗气

冯记上海小馆

林煜帏 摄

食在山水
有相逢

中式的餐饮，比较不重环境景观，有一些人更喊出"吃美食不是吃装潢"这样的口号。我个人并不认同，台湾自诩如今是"吃巧不只吃饱"，"吃巧"的意涵便不只是美食，应包含良好的用餐环境，方有助于一餐饭吃得口齿留香，回味无穷。

新北市由于地理上有众多的小山林、溪流、瀑布，自然景观是极宝贵的资源。拥有千万美景的餐厅，更是拥挤的大都市里"吃装潢"的餐厅绝对无从比拟的。

食养山房

要讲美食与美景最合宜的结合，我以为无人能出其左右的是"食养山房"。不只我给予如此高的评价，我的朋友在接待海外极为重要的旅游频道Lonely Planet的创办人时，"食养山房"也是首选。

理由无他，世界上少有餐厅，有如此大片的私有土地与餐厅的布局融为一体。曾位于阳明山的店，现在位于汐止山上的"食养山房"，都是将餐厅融入自己家里的大片山林溪水瀑布之间，

「食养山房」内的自然氛围令人怡然自得

食养山房提供

莲花鸡汤

而不只是常见的,一家餐厅位于风景区内。

氛围自然不同。

老板林先生更将"食养"内部经营成为一个人文空间,举凡格局陈设,都清雅宜人意境幽远,与户外自然相互呼应。

以台菜为主的创意料理,一直都没有菜单,规格化的饮食使"食养"能够做到精致而且水准化一,毋须看大厨今天的心情脾气如何,来决定推出来菜肴的好坏。

季节性地改变菜单,比方这一季推出"手工花生豆腐"、"综合蔬菜"、"蒸蛋"等,重视优良养生食材自不在话下。宜兰名菜"糕渣"暂时不见,招牌菜如"莲花鸡汤",看着一朵莲花真的在清澈的鸡汤里面缓缓绽开,那种美感曾经让我惊呼出声,感动不已。

在这样幽静的情境里,讲话的声音自然就低下来。心,也就安静了。当然也有隔开的小包厢,一群朋友来此游山玩水,尽情欢聚一堂,也是另外一种情趣。

经营十六年,林先生也一直居住于"食养"园区里面,有自

食养山房提供

「食养山房」中的茶屋

己的"茶屋"可以清修,也可以与三五好友相聚。我有回和朋友一起到来,深具品味的林先生,拿出珍藏的日据时代总督府用的餐具让我们用餐。

我虽然可以说是吃过世界上一些顶级餐厅,但用如此古董餐具来用餐,还真的是第一次,心情不免激动,更加小心翼翼,所幸是坐在榻榻米上,才比较不怕会打破餐具。

林先生谦称"食养"只是生活空间,为了生活,为了食衣住行而已。回归到这样简单的说法,相当有禅意。视"食养"为自己的生活居住工作所在,与大自然做好朋友,以园区为家,林先生也就无所谓退休。这样好的大片山林环境,又不怕孤单寂寞、保安问题,真是让我羡慕得不得了。以为最有钱人的别墅,也无法相比。

林先生这样的态度近悦远来,北京杭州饭店更邀约协助打造人文空间。

最近不是流行"淡定"?不妨来一趟"食养山房",淡定自在其中。

食养山房提供

老徐的店

老徐的店

与"食养山房"相较,"老徐的店",虽然同样有美景,便是另外一种截然不同的风情。

往乌来的路上,翡翠水库的大片溪流河床旁的高地上,是一家外观上相当朴实的店,没有精致的装潢,也不讲究意境。

但窗外的美景实在宜人,溪水绿树。还有一道迷人的风景,就是老板本人"老徐",人如其称谓,十分的乡土。

餐厅里的菜色,简单讲一句,就是好吃,可以大口吃肉大碗喝酒,也是人生一乐。在这里,繁文缛节的人世间,也就暂时搁下。

自创的菜肴有"炸猪脚",先炖后炸,猪皮又脆又Q。砂锅鱼头、白菜心、老徐水饺、卤排骨,都是传统老菜,原汁原味,有模有样。这类的餐厅,在台湾也算濒临绝种,恐怕等老徐这一代人退休后,不易再见。

我尤其喜欢他做的粽子,像小抱枕一样大的粽子,内容丰富,有港式风情。

下方的水库溪流真的是"母亲河",如果钓到很肥的鱼,趁鲜烹煮起来,绝对是美事一桩。老徐更可以从溪流捡到小块漂流木,简单地雕刻,自娱娱人。

多元化的台湾,同样多元的山水美景,创造出来不同的景

林煜帏 摄

「老徐的店」店外的溪谷景致

林煜帡 攝

炸猪脚

林煜韩 摄

观文化，配合着不同的餐饮，我以为这是新北市的特色，也是台湾最弥足珍贵之处。

新北市特有的这类景观餐厅，来此吃饭，也就不只是为了一顿饱餐，或者只为了美食，美景更是附加价值。来此不妨先排空一段时间，暂时放下一切俗务，饭前饭后充分地享受当前美景，真正会是别有一番滋味在心头，也才不致于辜负当前美景。

招牌菜——砂锅鱼头

林煜帏 摄

深具底蕴的
创新美食

所谓"创新菜"与"混搭菜",一直是有些美食家不愿轻易尝试的菜肴。理由无他,有些创意料理常常不按理瞎搞,将不搭调的东西胡乱混在一起,既不具创意,美味更谈不上。

创新得来自于深厚的根基,是东西方美食不变的道理。没有扎实的工夫和对料理深切的了解,便妄想一步登天去"创造",是想做创意料理的最大忌讳。

而在地缘上,我个人认为,新北市相当适合创意料理的发展。

除非是很中心的位置,否则一般而言,房租较寸土寸金的台北市,还是比较便宜。更何况,新北市接纳的是来自全台湾各地的外来人口,这些来这里找机会的"新住民",比较有尝新的冒险精神,也不吝给予机会与掌声。

这些优势,使得一些不走一般餐厅路线的餐饮爱好者,有不一样的可能性。如果能仔细评估自身的特色,认真经营,相信有机会开拓出一片不一样的天空。

底下介绍的"二八工作室",或许值得作为参考。

前往乌来的途中路经屈尺,郊区美好的住宅里,有这样家庭

式的料理工作室，我个人以为，不妨就以现今流行的"私房菜"来定位。

早在二〇〇七年，著名的美食家焦桐先生要遴选美食排行榜，找了几个专家来做评审，我也忝为其一。大家的美食经验大方向一致，但在小处有所不同，介绍旁人不熟悉的餐厅，也是扩大遴选范围。

我当时极力推荐的就是"二八工作室"。

评审们付费吃后，给予极高的赞誉，也使得"二八工作室"进入极为前面的名次，实在名实相当。

原做文山包种茶的茶中高手徐先生，长年善好烹饪，非科班出身，他的学习方式是买来大量的烹饪书籍研读，学习制作，在朋友圈中赢得赞赏。贤内助尤其做得一手好点心，而且喜好种植花草。

两人舍茶叶生意开餐厅，为了维持良好的品质，只有两张大

林煜帏 摄

桌子，需要预订，才能慢工出细活地做出好菜。

我在美食家朱振藩先生的引领下，有一段时间经常光顾，深深地为徐先生不俗的厨艺所折服。他的几道名菜，"清蒸牛腱"颇有"水煮白菜"的风情手法，经过长时间隔水蒸的牛肉，细嫩细密。朋友何丽玲女士特别喜好加上藕、香料特制的"红糟鸡"。

对食材的新鲜讲究自然不在话下，为了能有天然无毒的香料，徐太太自己有小小的香草花园。与日本料理相关的材料，用的不只是从日本进口，而且是日本顶级食材。比如说用北海道的马粪海胆做的"海胆饭"，处理过的白米饭上面铺满海胆，略微烤过。"海胆饭"、"羊肉饭"让人饱食好几道大菜后，还能有胃口努力加餐饭，实在不容易。

徐老板尤其善于将被认为不可能的食材放在一起，创作出不同的口感层次。比如他做的几道乌贼料理，以日本的紫苏包裹北海道生蚝在放入乌贼中，两相激荡出生蚝肚子的软细，以及乌贼和生蚝裙边的嚼劲，相互帮陈相互对比。

我以为"二八工作室"的最大成就，是它维持小锅小灶，每天只做少量，品质易控制到十分精确。尤其有在家中客厅吃饭的温馨感觉，徐先生夫妇低调温和，一点也不"市侩"，与一般餐厅的氛围不一样。在这里吃饭有远离尘嚣的"淡定"。借着美食达到放松自在，还真不是一般餐厅能比。

美食深具底蘊的「二八工作室」

二八工作室提供

175

碧利咖啡位于印尼的咖啡庄园

乡土与世界饮食

以为只有首都台北市有全球化的空间？那就错了。幅员辽阔的新北市，卧虎藏龙的地方，可真还不少。

以下就要先介绍我的一个秘密咖啡基地，能品尝、还能研究学习咖啡的地方："碧利咖啡"。

碧利咖啡

在新北市中和区，就能找到如此乡土，又能与世界接轨的饮食文化，老实说，我感到十分惊喜。

进到宽敞的"碧利咖啡"，想喝一杯极品咖啡？那就一定要先认识黄氏父子。

首先，黄重庆先生在咖啡界有三四十年的经验，是台湾数一数二的大咖啡商，从大量的批发到限量的精品咖啡，都可以在他的"碧利咖啡"找得到，而且物美价格合宜。

喜爱用日本的虹吸咖啡壶煮咖啡，多年的经验使得黄重庆能凭闻到散发出来的香味以及看得到的水气，就知道咖啡是不是已

碧利咖啡提供

麝香猫所排出的咖啡果

达到最佳的状况。

黄重庆更研发设计烘焙机,可烘焙从三百公克到六十公斤的咖啡。在此,可以烘焙自己的咖啡豆,是了解咖啡的重要关键。

对于麝香猫咖啡情有独钟,在他的印尼咖啡庄园,养有上百只麝香猫,给予自由活动的空间,在收集麝香猫吃了咖啡果之后,排掉不能消化的咖啡豆,经过仔细清洗,制造成为在台湾几年前极富盛名、当时一杯要数百元台币的麝香猫咖啡。

我和黄重庆有约,就如同我不惜千辛万苦到巴拿马拿到连续五年得到冠军的"翡翠庄园"的艺伎(Geisha)咖啡。很快的将来,我也一定会到印尼,自己去看看长得有点像狐狸的麝香猫。

黄重庆的儿子黄纬纶更是第一个教我做咖啡评鉴"杯测"(Cupping)的人。在海外受教育,拿到硕士学位,良好的外语能力,通过考试获得"美国精品咖啡协会杯测师"的头衔资格,像黄纬纶这样获得专业认证的咖啡达人,在台湾还不多见。

碧利咖啡提供

先说说什么是"杯测"呢?

如果读者朋友看到咖啡达人,手上拿着一只银质的汤匙,那么,就可以试着想象,达人从杯子里取出来一匙咖啡,混合着空气吸进嘴里,像试葡萄酒一样,在嘴巴里运转,让整个舌头和嘴里都充分地品尝到咖啡的酸度、微苦、微甘,有花香、果香、焦糖、巧克力的种种变化。

然后,再像试葡萄酒一样,把它吐出来。这就是"杯测",专业品尝咖啡的方式。

黄纬纶目前致力协助、训练学员考照,能有更多人考过执照,有助台湾整体咖啡文化更上层楼。

在"碧利",经由咖啡,了解到咖啡庄园、烘焙、品尝与教学。"碧利"还能将台湾烘焙的咖啡豆销往大陆,在机场的免税店,也买得到咖啡礼盒。

真的能够说,与世界接轨,就在邻家,就在新北市!

大庄原生美食

我的香港美食家朋友们,来台湾爱去的台菜餐厅,就是"大庄"。有一回,还有香港美食家指定要在"大庄"回请我们台湾朋友。

老板林二呆当然是灵魂人物,餐厅的扁额上写"你我有缘吃

鲜美、肥而不腻的「套肠」

了再说"。没有菜单,看有几个人他会自己配菜,如果没有吃完,再跟他点菜,我有一回还挨骂。

他对食材的考究,已经到了成痴的地步。他老家在宜兰,有本事将最好的土鸡弄来做白斩鸡,拿到山猪肉,做成咸猪肉,沾醋吃,降低咸的口味。

他自己的一手好厨艺,加上富研发创造的精神,在他的手下,简单的花生、酸菜,都会是古早味。如今是他的太太跟媳妇下厨,由于熟练,每道菜都能维持一定的水准,在这样小小的餐厅,真的是很不容易。

林二呆也果真人如其名,为了要试到他能满意的馄饨,他前后用了一百多斤上好的猪肉,试做了无数次,才达到现今的效果。过程中,一位小姐常常前来试吃,后来欲罢不能,成为常客。

这一碗馄饨,还真是吃到目前我最满意的。

林煜韩 摄

「蒟蒻条」美味而健康

林煜帏 摄

大庄原生美食

  我的好友何丽玲则对于"套肠"超乎寻常地喜爱。二呆完全不藏私,教我们如何用一尺多长的猪小肠,一套又一套地套成一个圆球。因为一层又一层,咬起来有劲、吃到嘴里Q弹,高汤酱油长时间煨煮入味,鲜美肥而不腻。

  上铺一层油条酥,下面满是大白菜、金针花、黑木耳的"菜羹",是台湾"菜尾"的新版。"蒟蒻条"是他研发的健康食品,炒来也好吃,可是对我这种肉食者,啊,还是喜欢二呆的"虾仁肉饼",以及他不轻易做的"五柳鱼"。

  这些童年的的美味,在"大庄",我都能一一找回。那种感动,铭记在心。

  新北市成为全台湾各地移民的汇聚之处,到"大庄"吃饭,将台湾的办桌文化保留,又能够将其精致化,吃的已是台湾传承的文化,以及,乡土之情。

林煜帏 摄

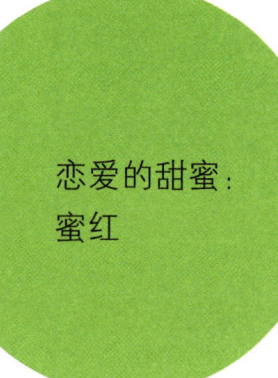

恋爱的甜蜜：
蜜红

我号称美食家，也略喝过一些世界性的好葡萄酒，但与一缸子女生一样，在心情难免郁卒，或想要有一些甜蜜的慰安物时，喜欢甜的酒。

小时候家里自己酿的葡萄酒，便来到心中。

与我有类似记忆经验的，不在少数，就算为我们，来点"台湾葡萄酒"吧！

我是鹿港人，是彰化县民的一员，十分骄傲于六月与十一月可以吃到"蜜红葡萄"。这颜色红（非一般的紫红）的葡萄，皮如此薄多汁，吃来有蜜的口感，美好的甜蜜感觉，一如恋爱，尝起来令人怦然心动。

扩大全台，还可为这知名度尚未普及的"蜜红"打响名号。栽种地的溪流与土质，相信是孕育这神品葡萄的根源，也是观光采果的好去处。

吃完年产值超过两亿的"蜜红"，还有接下来七月的巨峰葡萄。一波又一波地为葡萄发声，持续的效益，方不至只是一时的烟花。

蜜红葡萄

林煜帏 摄

"葡萄美酒夜光杯"一直在我们的文化里,但由于气候高温潮湿,台湾至今尚无进入世界葡萄酒主场的"台湾葡萄酒"。

有这么难吗?泰国较我们炎热,巴厘岛同样日夜温差小,但皆成功种植出酿酒葡萄,有了自己的品牌。

目前台湾用来酿红葡萄酒的"黑后",单宁粗壮,酒里的滋味不容易去除,虽有甜度,仍难有甜美的质感。酿白葡萄酒的"金香",本来在炎热地区酿白葡萄酒较有机会成功,但碍于台湾市场接受红葡萄酒水平较高,不易发展。

如何种植出适宜的酿酒葡萄,成为酿造"台湾葡萄酒"之必需。而这样的工作,不是靠个人、靠酒厂、靠彰化县即能完成。

泰国、巴厘岛的成功,是因为他们的农业单位协助改良外来的葡萄品种。利用"稼接"繁衍的葡萄,只要有好的新种新枝,成功不难。当然有人会挑战"非原生种"这样的观念。但不要忘了"爱文"芒果也是外来混种,经台湾农业的巧手改良,如今以

林煜韩 摄

"台湾芒果"之光享誉全世界。

气候稳定,预计葡萄产量增加一成,如何善加利用盛产的葡萄,而不至"果多伤农",也是酿造"台湾葡萄酒"的工作。

葡萄无论采果乐、入菜、榨汁,都是出路。我个人对多元文化的"台湾葡萄酒"情有独钟,如如何利用糖度较高的台湾葡萄汁,适度加入白兰地等烈酒,做成调合酒。

或者,台湾葡萄汁加上外来的葡萄基酒,勾兑出成品。甚至调好独特口味的台湾葡萄酒汁,加上食用酒精,亦可做酒。

混血、多元,是全球化不可避免的趋势。只要标示清楚,"台湾葡萄酒"的多种风貌,不难达成。

我写的小说与言论,海内外都会被归作"女性主义者",而女性主义常反对选美,认为"物化女性"。

可是,我却不反对彰化县推出的"葡萄公主"选美。某次与一些文化、美食界人物吃彰化著名的"猫鼠面",没想到激荡出:第一名获三十万台币奖金;前三名可获月薪二万二千台币的一年就业保障;进入复选且设籍彰化县的前三十名,可获一年工作合约。

就职不易的今天,这些工作机会,对女性朋友不无小补。

我还看到,这三十四名已由彰化县政府安排工作的大专女性,如好好利用,能为彰化的葡萄产业、观光休闲带来怎样的契机,真的可以"选美救经济"。

美食在古坑

我在海外旅行时一定看过咖啡树、咖啡园。只是,对我没有多大的意义,它是一种陌生的树种,看了,当时很兴奋,但随后,也就忘记了。

直到最近在云林古坑,见到了大片的咖啡林,种种浪漫的感觉,才涌上心头。

台湾也有种咖啡呢!我不禁喃喃地自语。

南北回归线附近的山坡沙质地,本就合适种植咖啡,云林古坑正在这个区块里,早在荷兰人时代就种植。日据时代,所产咖啡还得过世界银牌奖,故只作为日皇供品。

可惜咖啡文化因为不是中国人的文化,不再被重视,直到最近,方有了一番新意。

参访一下咖啡园,看见一园青绿阔叶的咖啡树,一串串鲜红色的浆果,剥去果肉才见咖啡豆。再到堪称全台最大的露天咖啡座喝一杯台湾咖啡,还可看到现场大锅炒咖啡豆、手工磨豆或机器烘焙。

台湾咖啡就在身旁,然夹在四处可见的柳丁、芭乐、火龙果园里，山坡地里的咖啡园仍带点异乡风味，却也因为来自熟悉的土地，不再只是旅行时的短暂印记，不仅咖啡林留住了记忆，这种异乡风味的浪漫也因而更持久、更深刻！

但由于台湾咖啡目前产量仍极少，为了避免有人鱼目混珠，有关单位宜先做好品管规划，好让游客能玩得尽性。

在这之前，慕台湾咖啡之名前来，还是请游客对咖啡豆价格及是否真品，小心为上。

咖啡大餐

对爱吃的台湾人，咖啡除了喝之外，当然还要用来入菜，剑湖山的新设五星旅馆"王子饭店"，就动用了饭店中、西菜大厨，设计了几套咖啡大餐。

这恐怕是世界上独一无二的"吃"咖啡了！

在台菜出身的大厨刘忠和带领之下，开创精致复合式的台菜路线，无论摆盘装饰皆美。几道咖啡大餐切题又美味，将咖啡入菜表现不凡。

比方"华山咖啡美拼"，就充分利用云林特产火龙果切片做底，上坐两只明虾，一旁依靠两片鲜鱿鱼包柳叶鱼卵。沾酱是美乃滋再加上咖啡调料，甜中含苦香略涩，带出虾、火龙果、鱿鱼、柳叶鱼卵的那种滑鲜，也有明显的去腥效果，口鼻处更是咖啡味流连。盘中还有咖啡果冻丁与咖啡豆，咖啡豆咬来芳香有劲，整盘菜真正是咖啡味十足。

"咖啡醉酥鲜香"的香鱼去骨酥炸，完全不用担心鱼刺，摆成弯曲的鱼身，热热地上桌，再当场淋上咖啡酒，酒香、咖啡香、炸鱼香，混成独特的香气，绝对是人见人爱。

堪称台湾唯一酿制的咖啡酒，是"福禄寿酒厂"特制，酒精度只有9%，女士合宜。"福禄寿酒厂"还出品高酒精度高粱酒，香气十足。这类"酒庄"，必是未来旅游重点，尤其在古坑产咖啡之地，更有海外酒庄的浪漫风情。

用咖啡熬汤如何？"养生咖啡盅"内含肉桂、红枣、莲子、山药、猴头菇、草菇、放山鸡，褐色的汤汁会是中国人喜爱的"很补"。咖啡经熬煮多时味已不浓。我建议不妨最后加入新调咖啡以提味，才不愧是咖啡餐嘛。

至于甜点，"王子饭店"提供西式咖啡蛋糕与"咖啡西米露"，西方对这类将咖啡入甜点有多年开发，成就已非凡。但设想有一种叫"咖啡汤圆"、"咖啡锅饼"（或可媲美枣泥锅饼）的中式甜点会如何呢？

值得拭目以待。

浅试咖啡餐，我个人以为冷盘沾酱表现最佳。以后如果有一

王子饭店「禅园中餐厅」推出的咖啡美食

剑湖山王子大饭店提供

「蔚蓝西餐厅」所推出咖啡美食

剑湖山王子大饭店提供

种沙拉酱叫"咖啡沙拉酱",与"千岛酱"同样被中国人喜爱,我想我也不会意外。

在羊排、牛排或"咖啡珍焗鲜芦"洒上咖啡粉,算是比较容易的做法。如用在中国菜著名的热炒上又会如何呢?

只有下回再来试另一种咖啡餐。

看着牛只吃美食

联泰餐馆

美国的狂牛症,实在让我这种爱吃牛肉的人,感到相当的不便。

的确,我是那种冬天吃火锅时一定叫牛肉,特别是美国的霜降牛肉的人。吃铁板烧,因为神户牛肉实在太贵了,所以也一定叫美国牛肉。吃牛排,更是只有挑美国牛肉。否则,试问还有什么选择?

没事干,我还常爱在附近小店吃碗牛肉面。要不然来十个牛肉水饺、蒸饺。叫盘卤菜?里面更少不了牛肉、牛肚(这些虽不见得用美国牛肉,而更可能用澳州牛肉,但总之狂牛症一流行,我也怕怕)。

读到这里,读者朋友大概也发现,你的生活和我一样,都离不开"牛"吧!

而所谓的"黄牛肉",实在可遇而不可求。试问台湾有多少"黄牛"可吃?一天能宰几只都算得出来。澳州牛肉,说实在的,的确不如美国牛肉。至于台湾的神户牛肉,不要说价格昂贵,事实上很多都是美国牛肉冒牌的。

所以嘛,根本无从选择,只有美国牛肉!

卢建同 摄

卢建同 摄

平日还不觉得，一旦美国有狂牛症，还据说七年内不会开放美国牛肉进口。我这才直呼：

大事不妙。

最近有一趟金门行，更在"湖南村"（不是大陆的"湖南"，而是金门的"湖南村"）出名的"联泰餐馆"前，看到一群十几只牛，只只肥腴，正闲适地低头吃草。

嗯！看得我实在口水直流。和同行的小朋友一样，直指着牛大喊：

牛耶！

所幸"联泰餐馆"，治出一桌道地的金门美食，才一解我对牛的"渴望"。美国牛肉吃不得，至少可以对着牛吃顿美食。

"联泰餐馆"先有一绝，就是用红糟来烧花枝。外层裹粉炸得金黄酥脆，一咬开，里面的红糟色泽美艳、衬着雪白的花枝，红红白白，真是好看，再一嚼，花枝软、红糟香，真是好吃。

卢建同 摄

有我的美食老师朱振藩同行,更可了解所上的一道"大汤黄鱼"很有来头。端上来时只见两尾黄鱼在汤中,老师说这菜原是一道宁波菜,里面加老咸菜,但"联泰餐馆"将老菜稍改,不用老咸菜,改用青蒜丝、葱,另有风味。

道地的金门菜保留了不少大陆沿海,特别是闽南菜的特色,这与金门的地理环境当然有关。我个人以为,金门占地位置的优势,更使得一些传统特色不被"进步"摧毁,实在是寻根的好去处。

像"联泰餐馆"做的"五柳"颇有古味,只是加上更多爽口时蔬。

"联泰餐馆"做的"润饼",里面林林总总包了不下十几种料,最特别的是包牡蛎。金门的牡蛎与台湾不一样,个头小,但更鲜,散在"润饼"里,一吃到,每有意外的惊喜感觉。

这种做法,连我老家靠海的鹿港,都不得见。真是金门特有。

另外惊艳的是金门特别肥美的"东江蟹",这种产在中国东

卢建同 摄

部海域的螃蟹，介在"花市仔"与"蟳"之间，两者特点相乘，真是丰美鲜甜，非一般寻常螃蟹可比拟。我个人觉得肉质的香甜有劲，还胜过"处女蟳"。

金门由于地近大陆，只一水之隔，易捞到"东江蟹"，但最近由于沿海渔民滥捕，如果再加上少雨，"东江蟹"产量大减，一台斤直逼三百五十台币，更为食家争逐。

在开发特产上，金门也推出用高粱酒糟腌制的酸白菜，这类非化学加工的自然腌制产品，是我每次去金门都必买的。

所幸，最近在台湾的金门特产店也买得到，真是佳惠大众。

不妨到金门一游，顺便带回一些土特产，它的手工面线、小金门芋头，都是一绝呢！

居游、美食资讯一览表

全美行
台东县池上乡中正路1号
(O89) 862-270

悟饕台东池上老店
台东县池上乡忠孝路259号
(O89) 832-326

池上乡万安社区发展协会
台东县池上乡万安村1号之12
(O89) 863-689

庄稼熟了民宿
台东县池上乡万安村1邻1-2号
(O89) 861-412

稻米原乡馆
台东县池上乡万安村1邻1-12号
(O89) 863-689

六年级民宿
台东池上锦园村14邻49号
(O89)861-345

禾鸭生态池
197县道4KM处
(O89)862-041

4·5公里咖啡
台东县池上乡富兴村3邻33号
098O-634-469

天助香柚观光果园
台东县池上乡大同路31号
0919-128-595

大和牧场（蝉园山庄）
台东县池上乡富兴村水坠竹仔尖163号
(O89)861-78O

东鸠窑
台东县卑南乡美农村26邻班鸠171号
(O89)571-497

班鸠释迦产销班
台东县卑南乡美农村23邻班鸠109号
(O89)57O-339

东成国小
台东县卑南乡美农村班鸠22邻92号
(O89)571-124

富丰社区(石山部落)发展协会
台东县台东市吉林路一段231巷27号
(O89)231-817

梅花山文艺工作室
台东县台东市吉林路一段279巷83之1号
0955-047-273

吴丁宝木雕工作室
台东县台东市吉林路一段279巷31号
0988-233-716

宾朗水土保持户外教室
台东县卑南乡宾朗村改良场36号
(O89)323-057

蓝色日出早餐店
台东县台东市洛阳街231号
(089)330-499

原生应用植物花园
台东县卑南乡明峰村试验场8号
0800-385858

清河堂
台东县池上乡万安村龙仔尾9邻24号
(089)862-997

乐活美学民宿
台东县台东市文昌路61号
0963-310-930

杉原海水浴场
台东县卑南乡11号省道158K处
(089)281-151

宾朗蝴蝶兰观光农园
台东县卑南乡宾朗村改良场路1-6号
(089)226-769

光复糖厂
花莲县光复乡大进村糖厂街19号
(O3)870-4125

富兴客栈
花莲县瑞穗乡富兴村137-1号
(03)881-1732

富兴步道
花莲县富源村193县道77.5-78公里处
(O3)881-1658

蝴蝶谷温泉渡假村
花莲县瑞穗乡富源村广东路161号
(O3)881-2377

靓染工坊
花莲县瑞穗乡富源村广东路29号
(O3)881-2172

富兴社区发展协会
花莲县瑞穗乡富兴村7邻50-1号
(O3)881-1658

富源社区发展协会
花莲县瑞穗乡富源村1O邻学士路31号
(O3) 881-1985

十三弯剧团(加蜜园)
花莲县玉里镇观音里高寮194号
(O3) 885-1691

牛犁社区交流协会
花莲县寿丰乡丰山村中兴街37号
(O3) 865-0243

碧莲寺
花莲县寿丰乡民权街1号
(O3) 865-3579

丰田文史馆
花莲县寿丰乡丰里村民族街23号
(O3) 865-383O

〈就来唱歌吧！〉

初鹿部落
台九线362公里
O89-571-703(初鹿村村长周木火)

〈枕山"水"美梦相随〉

大礁溪农场
宜兰县员山乡枕山村坡城路18之6号
(03)922-5567

庄脚所在休闲民宿
宜兰县员山乡坡城路69-9号
(03)922-2000

卡幄汀休闲民宿
宜兰县员山乡坡城路71-3号
0911-020-007

望龙埤
宜兰县员山乡坡城路54号(湖山国小后方)
(03)923-1991(员山乡公所)

八甲鱼场
宜兰县员山乡八甲路1-10号
(03)922-5990

胜洋水草
宜兰县员山乡八甲路15-6号
(03)922-2487

山顶会馆
宜兰县员山乡枕山一村19号
(O3)922-6969

橘子咖啡
宜兰县员山乡枕山一村19号3楼
(O3)922-O171

炼珍堂
台北市中正区衡阳路18号8楼
(02)2388-588O

〈平价吃顶级大闸蟹〉

蟹家帮精致水产专卖
桃园县芦竹乡上竹村中华街11号
(O3)323-6815

石山日本料理
新北市中和区安平路178号1楼
(02)2948-7137

御神四季创艺怀石料理
台北市木栅路三段48巷一弄9号
(02)2938-1O86

天津卫小米食堂
新北市新店区北新路一段259号
(02)2910-5777

三分俗气
新北市永和区国光路49巷8号
(02)2231-1103

冯记上海小馆
新北市永和区文化路90巷14号
(02)2929-4104

食养山房
新北市汐止区汐万路三段350巷7号
(02)2646-2266

老徐的店
新北市新店区新乌路3段290巷12号
(02)26660570

二八工作室
新北市新店区屈尺路28号
(02)2666-0661

碧利咖啡
新北市中和区中山路二段315巷2号7楼
(02)8242-3639

大庄原生美食
新北市中和区中山路二段2巷45弄1号
(02)2246-4675

剑湖山"王子大饭店"
云林县古坑乡永光村大湖口67之8号
(05)582-8111

金门"联泰餐馆"
金门县金宁乡湖南14号
(O82)329-279